張秀敏　著

作者簡介

張秀敏

國立政治大學教育碩士，服務於師範專科學校、師範學院二十多年；目前任教於國立屏東師範學院，係該校初等教育學系教授兼系主任。最近十年，致力於國小班級經營之研究，本書即作者重要的研究成果之一。

自序

班級經營是每位小學教師每天必須面對的課題與挑戰。班級經營好，教學工作才能勝任愉快，教師才會擁有自信與自尊，教師的身心才會健康。因此，有效的班級經營應是每位老師殷切企盼的。

班級經營能力不是天生的，必須靠後天培養。班級經營只有愛心或只擁有一袋的小技巧（a bag of tricks）是不夠的。有效的班級經營，必須具備系統化的班級經營知識與有效的策略。

作者十年來在國小班級經營領域之研究，最終目的是想以研究爲基礎編寫一本系統完整，真正是國小老師們所需要，對他們有幫助、實用的「國小班級經營」專書。經過十年的努力，本書終於誕生。

本書的特色有三：一、它是一本系統化且頗完整實用的國小班級經營手册。二、它是作者多年來在國小教室進行實地觀察及訪談研究所得，是一本以研究爲基礎編寫成的書。因此，很實際，也很實用。三、本書誕生之前，已先行在國小試用，頗獲好評。

本書共分六章，第一章緒論；第二章班級經營困難的原因；第三章教室問題產生的原因；第四章班級經營的有效策略；第五章教師的特質、修養、進修與成長；第六章班級經營的評鑑。讀者如果沒有充裕的時間閱讀，可以先行閱讀第四章。第四章可以作爲「國小班級經營手册」用。

本書對國小老師，尤其是初任教師之班級經營，很有幫助。作爲師範院校「教育實習」或「班級經營」課程之教學資料，也相當合適與有益。

學海無涯，班級經營領域作者仍繼續研究中，待研究有所得，再將本書充實與修正。本書若有不妥之處，尚祈各方教育同伴不吝指正。

張秀敏　謹識

於屏東師範學院初等教育系

1998年4月

目　錄

第一章

∞∞∞∞∞∞∞∞∞∞∞∞∞

緒　論

第一節　班級經營的意義

壹、班級經營的字義

早期，國內教育心理學或教學原理之教科書，大多列有一章或一節談「教室管理」（方炳林，民68；李祖壽，民68；李德高，民77；林寶山，民79；高廣孚，民78；張春興，民74，溫世頌，民76）。期刊上的文章，也大多使用「教室管理」一詞（吳清基，民77；吳武典，民77；徐正平，民77；徐光垚，民77）。這可能與英文名詞有關。“Classroom Management”或“Classroom Control”直譯中文即為「教室管理」。

吳清山等（民79）認為學生學習的場所，不限於教室、操場、校外教學場所…等學習場地都需要教師有效的處理，學生的學習活動才能順利進行。此外，從中文字義上分析，「經營」和「管理」係同義詞。因此，吳清山等（民79）認為「班級經營」一詞比「教室管理」適切。

英文“Classroom Management”或“Classroom Control”，因含有控制和指示，使人服從，小心處理及執行業務以達成目標等含義（吳清山，民79）。認知心理學家和人文心理學家不喜歡“Management”或“Control”這個字眼，他們認為學生行為的改變，應經由自我教導（self-instruction）的歷程，而非他人一味的控制和管理，這才是尊重個體的人性化的教育。但截至目前，翻閱國外的相關文獻，尚未發現取代“Classroom Management”的新名詞出現。

經營和管理雖是同義詞，但筆者認為「管理」有命令、控制、使人服從之意思。而且老師經營一個班級不只是經營教室內的事，教室外也有很多事要處理，如家長的聯繫或家庭訪問、交通安全的指導、遊戲運動場所安全的維護、戶外教學等。筆者也認為使用「班級經營」比「教室管理」適切。所以本書採用「班級經營」這個名詞。

貳、班級經營的意義

國內外學者不少人對「班級經營」一詞給予定義。茲舉五位學者的定義，然後再提出綜合評述。

一、方炳林（民68，P.297）的定義：「班級管理是教師或教師和學生共同合作地處理教室中人、事、物等因素，使教室成為最適合學生學習的環境，以易於達成教學目的的活動。」

二、吳清山等（民79）的定義：「班級經營乃是教師或師生遵循一定的準則，適當而有效地處理班級中的人、事、物等各項業務，以發揮教學效果，達成教育目標的歷程。」

三、朱文雄（民78）的定義：「班級管理是教師管理教學情境，掌握並指導學生學習行為，控制教學過程，以達成教學目標的技術或藝術。」

四、Emmer（1987, P.437）的定義：「班級經營包括整套的教師行為和活動，其目的在使學生能合作和專注的投入教室的工作。」根據這個定義，班級經營包括很多事項，如教室物理環境的安排，建立和維持教室常規，處理不適當行為，監視學生的行為，使學生對工作負責，對學習專注，並能達成教室目標，完成教室工作。

五、Fontana（1985, P.3）的定義：「班級經營是教師經營一個有組織、有效率的班級的過程。」在這個班級中：

㈠每個學生的能力有機會發展。

㈡教師能充分發揮其專業功能——是個助長學生學習者。

㈢教師和學生覺知到可慾的行為標準，而且能合作的維持這些行為標準。

㈣學生學習到監視（monitor）和引導（guide）自己行為的技巧。

㈤最後老師和學生都認為教室是個快樂的地方，在這個地方，老師能實現其專業理想和得到工作滿足感，而學生有個適當的環境完成其工作，學業上和個人的困難都能得到幫助。

以上五位國內外知名學者的定義，筆者認為幾點有待商榷：

1. 班級經營是師生合作地……。國內學者大多這樣定義。筆者認為班級經營不只要師生合作地……，更重要的是教師要有計畫、有組織、有效率、且有創意的經營一個班級。
2. 班級經營是師生合作地處理教室中的人、事、物。筆者認為班級經營不只是教師消極的去處理、面對教室發生的問題，更重要的是事先有計畫性的安排一切，並有組織、有效率的完成它。
3. 班級經營是師生合作地處理教室中的人、事、物等問題。筆者認為班級經營除了師生關係、同儕關係的建立，教室物理環境的安排外，學生常規的建立與維持，學生良好行為的維持及不當行為的處理和課程與教學管理更是班級經營的主要項目。國內學者的定義，人、事、物等問題的處理，似嫌一般性，看不出班級經營的重點。

4. 班級經營是……的技術或藝術。筆者認為班級經營是教師有計畫、有組織、有效率的經營一個班級的過程（process），而不是技術或藝術。班級經營不只要講究策略，教師本身的人生觀、價值觀、教師的教育哲學、修養、進修與成長，以及班級經營的理念，對班級經營的成效都具相當的影響。
5. Emmer 的定義可視為班級經營的短程目標，而 Fontana 的定義可視為班級經營的長程目標。筆者認為班級經營不只是要學生能合作而專注的投入教室工作，良好的班級應是有生命的、充滿生機的、興趣盎然的、成長的、快樂的。在這個班級，每個學生的潛能得到充分的發展，學生的課業和個人的困難得到幫助，教師能實現其專業理想並得到工作上的滿足，教室是個師生都喜愛的、很快樂的地方。

由以上之分析，筆者認為班級經營應掌握下列幾個要點：

- 班級經營的各個事項、各個環節應事先有周詳完備的計畫，並有組織、有效率、有創意的完成，而不是被動的、消極的處理或面對教室發生的種種事件。
- 班級經營的要務包括開學前的計畫與準備、開學初活動的安排、教室物理環境的安排、班級氣氛的營造、班規和例行活動程序的建立、課程和教學管理、良好行為的維持和不當行為的處理、特殊兒童的管理、親師關係的增進、和級務處理等。

- 班級經營應從教師本身經營自己的生命開始，並培養優異的教師特質，真心真意的投入教學工作，否則擁有許多有效的策略，頂多只是個「教書匠」而不是「教育家」。
- 班級經營應兼顧短程目標和長程目標。沒有短程目標，長程目標有如緣木求魚。沒有長程目標，則可能短視而近利，孩子看不遠、走不遠、只見樹、不見林，不見宏觀的視野。短程的目標在使學生每節課、每天能合作而專注的投入及完成教室工作，達成課堂目標，師生都視教室是個快樂的地方。長程的目標在使學生的潛能得到充分的發展，老師能實現其專業理想並得到工作上的滿足。

因此，筆者的定義：「班級經營是教師有計畫、有組織、有效率、有創意的經營一個班級的過程。在這個班級中，學生能很快樂的、有效的學習，並有好的行為表現，學生的潛能得到充分的發展，教師也能發揮去專業理想並得到工作上的滿足，教室是個師生都喜愛的地方。」

第二節　班級經營的要項

由國內外學者對班級經營所下的定義，可以看出班級經營內容包羅萬象。因此，班級經營事項如要一一列舉，恐怕多而瑣碎。國內外學者都將其分為三至六項。茲舉若干種分類說明於下：

壹、吳武典（民 77）認為教室管理的項目包括三方面

一、行政管理

包括課表編排，學生何時上下學比較適當，進行那些考查比較標準，班級與各處室間的關係，學校政策如何在班級裡面傳達，學生的意見如何忠實的向校方反應。那麼「老師」變成行政體制中的樞紐，使學生與學校之間有良好的溝通，並且透過行政上的一些措施來滿足學生的需求，諸如班會的實施、生活上的照顧、獎學金的設置、緊急救助、路隊編排、午休、級會等等都是。

二、課程管理

即課程上如何來安排、設計教學內容、教學方式、成績考查。

三、常規管理

怎樣讓班級在有秩序的情況下來進行教學活動。

貳、朱文雄（民78）認為班級經營的主要項目有四

一、行政管理

主要是級務處理，包括從早到晚的班級事物，如早自修、午休、班會、座位安排、上下學時間的安排、生活照顧、班級與學校各處室之溝通協調。

二、課程管理

包括課程設計、教材選擇、安排課表、教學方法、教學內容。

三、常規管理

即怎樣讓班級在有秩序的情況下來進行教學活動。主要內容包括秩序、整潔和禮節等三個重點。

四、教室環境管理

主要包括：

㈠物理部分的管理—硬體的充實、布置、美化、綠化、淨化、靜化。

㈡人際部分的管理—教室中各種良好人際關係之建立與維護。

㈢教育部分的管理—教學活動的進行。

叁、吳清山等（民 79）認為班級經營的主要內容有六大項

一、行政經營

包括認識學生、座次安排、生活照顧、班會活動、班規訂定、校令轉達、各項競賽、學生問題管理等。幾乎涵蓋班級教務、訓導、總務、輔導等工作。

二、教學管理

包括教學活動設計、教學內容的選擇、教學方法的運用、學生作業的指導，以及學習效果的評量。

三、自治活動

在級任教師指導下處理各班的自治事宜。

四、常規輔導

包括生活教育的輔導和問題行為的處理。

五、班級環境

包括班級的物質環境和教室環境的布置。

六、班級氣氛

主要內容包括師生關係與學習、教師教導方式與班級氣氛、

學生同儕團體中的人際關係。

肆、Froyen（1988）認為教室管理主要包括三大方面

一、內容管理（content management）

包括開學第一天的安置、座位的安排、教室空間、走道的安排、教學活動的設計、教學內容的選擇、教學方法的運用、材料的分發、教學程序的安排、教學設備的準備和使用。Froyen 認為熱忱的、充分準備的教師，少有違規上的問題，學生不會製造干擾事件。所以他認為老師要精通教材、變通教學方法、有系統的安排教學程序，提供學生有趣的觀念、材料和活動，有效的傳遞內容，注意學生的進步情形，適時的提供回饋。

二、行爲管理（conduct managment）

至少要建立兩組規則：

㈠進行工作所需要的規則；

㈡和別人相處所需要的規則。

三、情境管理（context management）

主要包括三方面：

㈠師生互信的建立；

㈡師生的溝通；

㈢營造良好的班級氣氛。

以上四位學者所列舉的班級經營事項可說大同小異，只是分類不同而已。

伍、Froyen（1988）又把教室管理分為三大項

一、預防性的管理（preventive management）

如果教師能做好內容管理、行為管理及營造良好的班級氣氛，即已做好預防性的教室管理。

二、支持性的管理（supportive management）

即學生還沒有出現違規行為之前，老師適時的用口語或非口語的行為暗示，使學生表現出合宜的行為。學生很容易忘記規則、或難以自我控制，老師適時的提醒與幫助是很重要的。例如上課說話要舉手，教師發問之後，立刻舉手並提醒學生會的舉手。

三、矯正性的管理（corrective management）

學生行為不適當時，老師給予懲罰、警告或再指導其行為等。

Froyen 的分類給我們一個重要的概念，即班級經營包括預防性的、支持性的和矯正性的經營三種。當然「預防勝於治療」。開學前做好計畫與準備，開學初注意營造良好的班級氣氛，師生有良好的溝通，彼此互信互任，教學內容、材料、方法和過程事

先充分的計畫與準備，並建立好班級常規，即已做好預防性的管理，然後在活動中適時的提醒學生，做好支持性的管理，則矯正性的管理就會減少，班級經營就會輕鬆愉快。初任教師或班級經營欠佳的教師，由於不知道如何經營一個班級，所以預防性及支持性管理做得很少或做得不夠理想，大多做矯正性的管理，所以帶班會帶得很累、很辛苦，又帶得不好，其心情之沮喪與挫折可想而知。

*　　　　*　　　　*

筆者多年來在班級經營方面的研究，時常在思考一個問題——如何幫助國小老師，尤其是初任教師，系統的、完整的、有策略的且人性化的經營一個班級。以上班級經營事項之分類，稍覺籠統與不足。為求更具體和完整，筆者將班級經營要務分為下列十二項。

一、開學前的準備

欲做好班級經營，開學前定要有充分的計畫與準備。何時準備、如何準備、準備什麼，每一位老師應有所了解和準備。

二、開學初的活動或工作事項

開學初的活動或工作很多，老師一定要了解開學初有那些重要的工作要做，怎麼做。事先充分的準備，時間上做妥善的安排。並有方法、有步驟、有效率的完成。

三、班級氣氛的營造

良好的班級氣氛，有助於學生行為的管理，教學效果的提昇及健全人格的培養。因此，班級氣氛的營造是班級經營的重要事項。

四、教室環境的安排

四、五十個學生聚在一間不大的空間裡，每天在此學習、吃飯、休息長達八、九個小時。由此可以了解教室環境布置的重要。

五、班規的建立

班規是教室行為標準或老師對學生教室行為的期待或要求。有了班規，學生才知道那些行為是老師認可的，那些行為是不被接受的，也就是說有了班規，學生才知道應遵循的行為準則。就像遊戲或競賽，規則事先要明確、清楚、合理、公平的訂定，遊戲或競賽時才不會混亂。

六、例行活動程序的建立

國小從早到晚每天幾乎都有一些例行活動或工作要做，例如：早上到校、早自修、進教室、離開教室、升旗、晨操、值日生、上課、下課、收發簿子或學習材料、收錢、出缺席統計、缺席返校、午餐、午休、整潔活動、丟垃圾、測驗、放學、老師桌椅的使用、學生桌椅的使用、廁所的使用、尋求老師協助、客人來訪、私人物品的存放等，為有效的完成這些活動，需遵循一定的程序。完成每個活動的程序，需經過教導、示範及反覆演練，使成為自動化的反應。例行活動程序沒有規定或做無效的規定，將會浪費大量時間，且減低學生學習的興趣和專注力。所以例行活動程序的建立是有效班級經營的要項。

七、教學管理

教與學是學校生活的主體。因此，教學管理是班級經營的主要事項。教學管理包括老師要精熟幾種有效的教學模式，教材教具充分的準備，做好教學活動的管理，教學進度的管理，時間的管理，活動轉換的管理及作業管理。

八、行爲管理

班級經營的另一個重要事項是一行為管理，包括如何維持良好的行為、如何預防不當行為的發生和如何處理不適當的行為。

九、特殊兒童的管理

每個班級幾乎都有特殊兒童，少則一個，多則二、三個。各類特殊兒童各有其特性、需求及其特有的教育方式。教師對各類特殊兒童應有概略的認識，才能很快的辨認及採取適當的措施。

十、親師關係的增進

班級經營之成效除了師生努力與合作外，家長的支持與配合也是成功的關鍵。老師應運用多種方法，讓家長了解你的種種作法，了解孩子在校的表現，學校的重要活動和日期，指導父母如何幫助孩子學習與生活。這樣的作法，大部分父母會感激你且願意支持與配合。

十一、級務處理

一個班級瑣瑣碎碎非學術性的工作可不少，如成績的登錄與報告、家庭的聯繫、教室設備的保管與維護、收牛奶錢、便當錢、出缺席統計、晨檢登記、蟯蟲檢查、身高體重視力檢查及結果報告……等不勝枚舉。老師應以積極的態度面對，並安排固定或適當的時間，有效率的處理這些級務，否則可能會減少教學時間。

十二、老師的時間管理

國小老師除了繁重的教學工作，還要處理不少行政和級務工作，如出缺席登記、晨檢、收錢……等。因此，老師如不善於管理時間，每天將忙成一團，精力耗竭，卻又成效不彰。所以老師的時間管理攸關班級經營的成效。

第三節　班級經營的重要

吳清山等（民 79）認為班級經營具有下列六個功能：

一、維持良好班級秩序。

二、提供良好的學習環境。

三、提高學生學習的效果。

四、培養學生自治能力。

五、增進師生情感交流。

六、協助學生人格成長。

以上六項可以說是每一位教育工作者應盡的基本職責，做好這些工作，老師自己才能心安理得及心滿意足，也才能活得自信及有尊嚴。由此可以了解班級經營的重要。

Cangelosi（1988）提出二點理由說明老師學習班級經營知能的重要性：

一、老師要能愉快的從事教學工作，必須學習班級經營。

二、安排良好的學習環境，如何使學生不分心，不被干擾而能專注的學習，並能免於生命和安全上的威脅，這是老師的職責。

以上二點理由就足夠充分讓老師了解學習班級經營知能的重要。

第四節　班級經營領域的發展

壹、班級經營領域的發展

自從有了正式的學校制度，應該就有班級經營的問題。但班級經營這個課題，至 1970 年代以後才引起國外學者的注意與重視。多數的著作大多在最近十多年才陸續出版。所以早期畢業的美國中小學教師，班級經營的知能非常的缺乏。我國則起步更晚，近七、八年才陸續有幾本專書出版，有關的研究更是寥寥可數，開班授課或辦理研習也是近五、六年的事。那數十年來，國民中小學老師究竟如何經營一個班級呢？以下分別就美國及我國之情形說明於下：

一、美國的情形（Jones, 1986）

㈠1965～1985 年代，老師的班級經營技巧大多來自於同事的意見、自己的經驗及教育心理學的教科書。所以老師大多擁有一袋的小技巧（a bag of tricks），缺乏系統化的班級經營知識，即使是優良的老師也一樣。

㈡1985 年代以後，老師就可以參考許多的專書、幾百篇的文章、參加研討會或到大學修課等，以學得班級經營的知識。

㈢1984 年初任教師研習內容有三大主題：①班級經營的知識；②學科知識；③學生的社會背景。由此可見班級經營的重要已引起重視。

二、我國的情形

國內早期的教育心理學或教學原理的教科書，大多列有一章或一節談教室管理，重點大多擺在學生不當行為的管理（方炳林，民 68；張春興，民 74）。班級經營的專書，近七、八年才陸續出版（朱文雄，民 78；李園會，民 78；吳清山等，民 79；金樹人，民 78；許慧玲，民 79；黃政傑，民 82；李輝華，民 83；張秀敏，民 83b；單文經，民 83）。開班授課或辦理研習也是近五、六年的事。但國民中小學老師終究每天、每年都要經營班級。他們究竟如何經營一個班級？據國內的研究顯示（張秀敏，民 85；簡紅珠，民 85），老師班級經營的方法大多數是經由自己摸索、嘗試及經驗的累積而來，其次是請教資深的老師。

因此，我國現今中小學老師的班級經營，相當於 1965～1985 年代的美國教師，只擁有一袋的小技巧，缺乏系統化的班級經營知識。

貳、班級經營取向的演變

一、美國的情形

1965 年代以後，由於不少學者開始投入「班級經營」領域之研究。因此，對班級經營的了解愈來愈多也愈深入。班級經營的取向或重點也逐漸轉變。茲分三個階段說明於下（Jones, 1986）：

㈠諮商取向—大約在 1960～1970 年之間。這個時期班級經營的重點擺在個別學生不當行為的處理，班級經營（classroom management）等於教室紀律（discipline）的管理。這時期用來處理學生不當行為的重要方法有 Glasser 的現實治療（Reality Therapy）、Dreikurs 的邏輯後果管教法、Labenne 和 Greene 的自我概念理論和 Gordon 的溝通管教法。

㈡行為取向—1970 年代中期，班級經營的重點也是擺在老師如何處理學生的不當行為，但管教的策略以行為學派的行為改變技術為主。

㈢教師效能取向—1970 年代中，當諮商取向和行為取向之班級經營頗為普遍之際，教師效能取向之班級經營開始興起。其重點不在如何處理學生個人的不當行為，而在於如何預防不當行為的產生。至於如何預防學生不當行為，首重教師效能訓練。教師效能訓練的重點有三：①如何組織和管理教室活動；②如何有效的呈現教學材料；③如何建立良好的師生關係。

由上所述，可以發現班級經營的觀念或重點，已由矯正性轉變到預防性，這樣的轉變方向是正確的，因為一分的預防勝於十分的治療。

此外，班級經營取向的另一個改變是從著重如何處理學生個人的不當行為，如何使每個學生專注的學習轉變到如何有效的組織團體。 Doyle（1986）認為團體有機能、有效的組織，學生自然會投入教室工作，而且行為問題也會減少。班級經營的重點在於如何組織及管理班級團體。這種轉變，筆者也認為較有效能，否則著重個別學生的處理，老師可要累壞了。

二、我國的情形

由於我國在班級經營方面的專書及研究很少，開班授課或辦理研習也不多，所以我國中小學教師班級經營的知能頗為缺乏。班級經營的取向或重點仍停留在如何處理學生的不當行為，班級經營等於是教室紀律的維持，治療性重於預防性。

第二章

班級經營困難的原因

第一節　班級經營困難的原因

班級經營是國內外中小學教師所面臨的第一困擾的問題，尤其是初任教師或實習老師，幾乎是束手無策。究其原因有下列數點：

一、培養師資的師範院校長久以來一直沒有開設「班級經營」課程（最近才開課），再加以國內在這個領域可供參考的資料頗為缺乏，我國中小學教師大多從教育心理學或教學原理教科書中約略知道一小部分，其餘全靠自己摸索或向同事請教。所以多數的教師迄今仍缺乏系統化的班級經營知識。

二、班級學生人數太多，教室空間擁擠，存放學生私人物品之櫥櫃缺乏，教室管理不易。當然這些情況改善了，並不一定能做好教室管理工作，但這些卻是做好它的有利條件。

三、一個班級四、五十個學生，每個人的能力不同、需求不同、家庭社經地位不同、宗教信仰不同、價值觀不同、興趣不同，其行為表現也就不一樣。但教室常規無法像教學一樣地個別化。每位學生都希望教師能一視同仁，他們不希望看到任何一個人受到特別喜愛、關注或是違規後不受處罰，他們不會關心其他學生的特殊需要。所以班級經營確實是件困難的事。

四、學生休閒看電視的時間太多，因而缺乏充分的休息和睡眠，因而影響上課情緒、行為及學習效果。

五、班級經營出現最多的是「不要講話」（stop talking、其實學生一天要上六、七節課，每節課四十分鐘，不能和朋友講話，不能放鬆，只能坐在書桌前，即使大人也做不到。老師不應一味的制止學生說話，而是要設計多一點學生的活動，讓學生有更多的學習參與及主動的學習。

六、實習教師或初任教師班級經營更見困難，其原因是（Fontana, 1985）：

㈠學生喜歡試探新來教師的作風而做出種種試探舉動，這時老師如果沮喪或憤怒，教室問題更會層出不窮。

㈡實習教師或初任教師對學校的作風、慣例、行為標準、實際情況、先前老師教過什麼等等不了解，學生就藉機戲弄老師或嘲笑老師不知道他們所熟悉的許多事情。老師即使想辦法要維持秩序，學生卻有各種不同的意見，或搬出以前老師怎樣、怎樣的做法，而使得秩序難以控制。

㈢實習老師或初任教師對社區情況不了解，對學生的背景、過去的學業成就不了解，甚至於不曉得學生名字，不曉得校務運作過程、校務狀況，不熟悉教科書，和班上學生沒有感情，因而教室管理更為不易。

㈣初任教師認為受歡迎被接納是很重要的，他們也以為對學生友善，學生就會表現合宜的行為。其實不然，學生畢竟不是成熟的個體，尚無法自我管理，也不知道那些是可慾的行為。所以班級經營除了友善外，適度的權威及對學生行為的指導是必須的。

以上這些情況，實習教師或初任教師愈快了解，就愈能掌握班級，愈易實施班級經營。

七、現在的孩子生長在一個更寬容、更以兒童為中心的環境中，他們的興趣、權益和自我表現都受到較大的關注、鼓舞與重視，他們較不順從權威，子女有不良的行為，父母也較傾向於偏袒子女。所以班級經營較之以前更為不易（金樹人，民 77）。

八、金樹人（民 77）認為教室管理困難之源在於人類行為具有下列四個通性：

(一)我們會抗拒別人要求我們去做的事，即使原來是自己喜歡做的事，只要是別人要求我們去做，心裡就不會願意去做。

(二)否定權威是人類社會永遠不會消逝的一種傾向。

(三)每個人都有不同的需求、價值觀與能力。所以不論採用那一套教室常規都不能令每位學生滿意。

(四)個體的成長，必須經過一段心理斷奶期。早期的兒童對成人有著強烈的心理依賴，但是當孩子進入青少年時期，對成人的態度開始有所轉變，愛憎突然明顯起來，對大人尊重之、羡慕之、依賴之、模仿之；但同時也抱怨之、蔑視之、擺脫之、否定之。這種矛盾心態影響他們對教室常規的觀點。

九、教室環境具有下列六個特性（Doyle, 1986），使得班級經營更見困難。

(一)多面性（multidimensionality）

一個班級聚集幾十個不同愛好和不同能力的學生，老師要利用有限的設備和資源去達成社會和個人的目的，老師一定要妥為計畫許多事情，記錄各種事件，安排好行事曆，妥為利用及維護各種器材和設備，並要搜集及評定學生的作業或作品。即使是單一事件也會產生多樣結果。例如：等待一個學生回答問題的時間稍長，可能就會影響其他學生的學習動機、注意力、或教學進度。總之，教室是個多面化的情境，要面面俱到，著實不易。

㈡同時性（simultaneity）

教室中時常會有幾件事情同時發生。例如作業練習時（seat-work），老師一邊指導學生；一邊要注意其他學生是否守規矩？是否需要協助？並要控制時間。進行討論活動，老師必須注意聽學生的答案，一邊觀察其他學生是否了解，是否守規矩，並要繼續想下一個要問的問題，同時，老師也要控制討論的時間，安排學生回答問題，亦即老師時常要同時做幾件事。

㈢立即性（immediacy）

教室事件通常需要老師在短時間內立即處理，教學才能流暢而緊湊。所以老師的反應都是立即的，幾乎沒有思考的時間。

㈣不可預測性（unpredictability）

教室事件的發生，有一些是難以預期的，如房子倒塌。但有些可預期的行為，老師也時常沒有防犯，也沒有事先構想及教導學生事情發生時的處理方法，如上課不專心、干擾上課、地震、墨汁打翻、玻璃罐掉到地上碎了、意外傷害發生等，所以教室問題層出不窮。

㈤歷史性（history）

學生經過幾個月或幾年的學校生活，往往會形成一些固定的行為方式，並影響往後幾年的學校生活。所以有效的班級經營應對那個班級的過去有所了解。

㈥公眾性（publicness）

教室是個公開的地方，老師都是在眾多學生面前處理教室事件，假如老師沒有注意到違規的學生，反而責備無辜者，將使學生學習到老師是不公平的，或不夠仔細等訊息，也許因而不信任老師，或公然抗拒老師。

老師應了解以上這些教室環境的特性，並有效的因應，才能做好教室管理。

第二節　教師應記事項

雖然班級經營不容易，但只要老師牢記下列事項，將有助於你產生一種積極正向的態度，肯定自己所做的和所努力的（金樹人，民 78；邱連煌，民 81b）。

一、多數學生是想學習的，即使有時候他們假裝不想學習。

二、多數學生對於親切、樂意幫助學生的老師終久會尊重的。

三、多數學生對學校有良好的態度。

四、多數學生喜歡有大人負責管理。

五、多數學生想要公平、合理、前後一致的管教規則。

六、多數學生討厭調皮搗蛋的學生。

七、所有家長希望子女真正學到東西。

八、多數家長和老師站在同一陣線。

九、多數家長希望老師嚴格管教學生。

多數學生和家長都支持合理的教室常規，也肯定老師在維持常規所做的努力。但要牢記這些正向的看法並不容易，尤其在不愉快情況發生時。而偶而的提醒、注意，會有助於記住這些要點，例如在教室內貼標語，或桌墊下放著這些要點，都是有效的方法。

第三章

教室問題產生的原因

班級經營做得好，不容易。但只要老師能了解教室問題產生的可能原因，並防犯於先，相信可以減少很多的教室問題。以下分別從學生、學校、老師和社會四方面分析教室問題產生的原因。

第一節　學生的因素

學生的年齡不同，其對老師的期望不一樣，如果老師不了解或沒有調整自己的做法，將不能符合或滿足學生的期望，教室問題可能就產生。

一般來說，低能力的學生，學習緩慢，需要老師更多的耐心。但往往老師對他們又特別沒有耐心。因此，低能力的學生容易產生教室問題。

低社經背景的學生，其價值觀、行為模式和學校時常是衝突的，因此容易有教室問題的產生。

低自尊的學生、情緒困擾的學生、破碎家庭的孩子，容易產生教室問題。以下詳細說明。

壹、年齡因素

一、年齡不同，其需求和對教師的期望是不一樣的

幼稚園的孩子，需要老師全然的支持他，了解他，能有效

的、和藹地處理學生的情緒和社會行為問題，並能引導他進入正式的學習。

小學階段的孩子，也需要這樣的老師，但更強調老師是否能引起學習的興趣和提供智力上的刺激和挑戰，對於問題的處理，要公平和確實。

中學階段，老師的學科知識和能力更重要，只要老師是學科專家，並能讓學生通過考試，對老師的隨便行為，學生能容忍。對於不是考試導向的學生，他們也景仰老師的能力，但對於他們能有效的指導成人生活的種種及藉著身教、言教能教導他們一些技巧，就是成功的老師。和藹地、媽媽型、爸爸型的老師他們認為是弱者。因此何謂「成功的老師」，不同年齡的孩子，有其不同的概念，如果老師的表現接近他們的概念，老師的權威就可維持。

二、年齡不同，學生間的人際關係不一樣

低年級的學生友伴不固定；高年級、初中、高中生有同儕的壓力。認同團體，對團體忠誠，才會被團體接納，所以中學生的問題較多集體的，低、中年級學生的問題則較多個人的。

三、年齡愈大，對於在班級的地位和權力愈需要

每個孩子都希望被同學認可，老師在全班面前羞辱，將會深受傷害，尤其中學生更在乎。年齡小的，老師羞辱後，給予獎勵，學生就會忘記。年齡大的，要痛苦好幾天，好幾星期。他們認為眾人面前羞辱，將失去地位，他們往後需要很長的時間才能

重新建立其在班上的地位。所以老師應使每個學生在班上有其應有的權力、地位和尊嚴。

四、年齡愈大，孩子愈強壯，聲音也愈大

年齡愈大，身體愈強壯，聲音也愈大，對於沒有經驗的老師是一種威脅而失去自信，對於身體弱小的老師也很不利。

五、年齡愈大，愈喜歡批評大人的行爲

年齡愈大，對成人世界愈有興趣，愈愛批評。青少年不了解成人世界的各種限制，所以認為他們能處理得比老師好。因此，他們拒絕、批評、嘲笑老師認為是公平的。他們不僅對老師的工作批評，對老師的衣服、汽車、男、女朋友、丈夫（太太）也一起批評。所以老師要做到的，是了解學生對老師的期望，才能避免學生明的、暗的批評，以建立真正的個人權威。

六、年齡愈大，愈會責備成人的失敗和對成人失望

年齡愈大，進入形式操作期，會做抽象思考和推理，而充滿理想，反抗權威，責備成人沒有教給他們一些達到人生目標的東西。老師和學校是權威的代表，所以他們反抗。他們認為從教育中得到很少，因而對老師和學校感到失望。

七、年齡愈大，孩子的注意力愈長，愈有能力學習理論性的東西

年齡小，要用具體的活動來教導概念；年齡愈大，會抽象思

考，則可用抽象的語言和符號來教學。

此外，孩子的注意力隨著年齡增加而增長，平均一年增加 1.5 分鐘，十歲的孩子，注意力大概能集中 10-15 分鐘，16 歲的孩子，可以持續 30 分鐘。

老師的教學要配合孩子注意力的長短及認知發展，才不會有行為問題（厭煩或無法跟下去）。

以上所述，並不表示年齡愈大，問題愈多。不同年齡的小孩需要不同的管教技巧。成功的班級經營，有賴老師很快的了解學生的行為、需要並採取有效的策略。

貳、能力因素

一、不同能力的孩子，對學校的態度不一樣

高能力的孩子，對學校的態度較正面，並且較認同學校目標。他們認真、努力學習，因為這樣可以得到好的成績而且能達到長期的生涯目標。

低能力的學生對學校態度較負面，學校許多活動對他們來說是一種時間上的浪費，他們只對他們有興趣的材料或和他們生活有關的材料有興趣，例如休閒、職業和社會有關的事情。

選擇適合學生能力和興趣的材料，對有經驗的老師是容易的事，對沒有經驗的老師是不容易的。

二、不同能力的學生，對老師的要求不一樣

所有的學生都希望老師有耐心、有同情心，低能力的學生更

是需要。老師缺乏耐心和同情心，將使困難更嚴重，而且老師會更挫折，和學生也愈疏遠。

老師對於低能力的學生缺乏同情心和耐心，往往源於一個錯誤的觀念：只要他注意聽或願意嘗試，他就可以學會，可以做好。事實上，往往是工作太難了，概念太深了或先備知識不夠。老師要了解困難的本質，就較能接受低能力的學生。

三、成功和失敗的標準，不同能力者應不一樣

多次的失敗，將會喪失自尊和自信心並敵視老師。所以老師對不同能力的學生成功的要求應不一樣。老師必須了解學生，並訂定實際的教師期望。學生有了成功的經驗，也會增加信心及正面的態度，然後老師就可以逐漸提高其目標。

四、學校的設備對不同能力的學生，效果是不一樣的

以國文教科書為例，其對中等以上的學生通常是有利的，對於低能力者，報紙、雜誌反而比教科書更易產生興趣，也較實際。而興趣是減少不當行為的一個重要因素。所以學校各種設備、設施、學習活動、課程、教材應考慮對不同能力的學生的效果是否不同。

叄、性別因素

一般而言，女孩子違規比男孩子少。這可能的原因有二：

一、成人對男、女孩子的行為要求不一樣

成人期望男孩子的特質是較攻擊性，女孩子要順從。也就是男孩子的攻擊行為，大人較能接受。

二、老師對男、女學生獎勵的取向有所不同

有些老師獎勵男生的課業表現，獎勵女生的社會行為，這等於給予男生違規行為許可證。如此將使男生產生不了好行為，女生產生不了學業上的成就。

班級經營，應給予男女生相同的期待，並用相同的管理策略。

肆、社經地位的因素

一、學校所教的價值觀和行為模式較符合高社經地位的孩子

學校所教的價值和標準較符合高社經地位的孩子，所以家庭和學校的衝突，時常發生在低社經家庭的孩子。禮貌、誠實、好的學業成就、好的口語能力、自我控制、非暴力這些學校的要求，在他們認為是可笑的。因此，低社經地位的孩子可能較拒絕合作、自我控制、努力學習。在幼稚園階段，拒絕態度較不明顯，卻易產生挫折或價值混淆。年齡愈大，愈反叛學校，因為學校所教的和學校外的生活沒有關係。

二、高社經家庭的孩子，先天的條件和後天的環境較有利於學校的學習，所以表現較好

低社經地位的孩子能力也較低，高社經地位的孩子比較認同學校教的，學校所教的、所要求的和高社經孩子在家裡的要求較一致，也有較好的學習準備，而且家裡也獎勵學業上的成功，所以學生較會討好老師，並做好老師的要求。但低社經地位的孩子，沒有這些有利之處，再加上其學前沒有做好準備，缺乏學習上的刺激，沒有安靜的讀書地方。如果老師不了解這些或訂定不合理的期望，可能產生行為上的問題。

三、高社經地位的孩子較能接受延宕滿足

高社經地位的孩子較有機會練習，並了解延宕滿足的重要。延後滿足和學習成就有密不可分的關係。

四、低社經地位的孩子較缺乏自信

低社經地位的孩子有較低的自尊，低的自信心，負面的自我概念，這些學習上的不利，老師時常未察覺，也未協助。為減少行為問題，老師在消極方面，不應傷害其自尊，更應積極的提昇其自信心。

伍、學生的心理因素

一、引起注意和行爲問題

學生為引起老師的注意而表現不適當的行為，並得到老師的增強，不良行為由於老師的錯誤增強而一再出現。所以老師要注意不要酬賞不良行為。

二、學習上的失敗和行爲問題

屢次的失敗會發展出對學校負面的態度，對學校教育失望、拒絕或敵視。因此，學習上的失敗，容易產生行為問題。

三、自我概念和行爲問題

屢次失敗會形成消極的自我概念，自認為能力不好，或責備學校或老師不好，或學校活動不好，浪費時間，因而和學校、和老師不合作，排斥或拒絕參與學校活動。

四、不良適應與行爲問題

破碎家庭的孩子，低自尊、害怕、焦慮的孩子容易產生適應上的問題，尤其破碎家庭的孩子，沒有安全感，對老師的時間、精力有不合理的要求，時常用不適當行為來引起老師的注意，對老師好意的批評，過度反應。因此，適應不良的孩子，總是有原因的。老師在決定採取任何行為之前，應想想為什麼小孩會有不良行為。

五、社會關係和行爲問題

在一個班級團體當中，有領袖型的兒童、有明星兒、孤獨兒，還有一些次級團體。領袖兒童如果本身行為不好，將會把這個班級帶往不好的方向發展，所以老師得多注意班上的領導人物的行為。孤獨兒由於在班上缺乏同伴、缺乏地位，因而容易造成適應困難，老師應特別注意輔導這類兒童。班上的次級團體也是影響班級的很大力量，老師必須密切注意各次級團體的成員、領導人及其行為問題，不好的次級團體老師應多加輔導，以免不良行為擴散或惡化。

六、管教尺度的試探

開學第一、二天，時常是最安靜的，他們正在等待老師的規定，或試探老師管教的尺度。所以老師在開學第一、二天，就要把班規講解清楚，並前後一致的實施，否則學生的不當行為會紛紛出籠。當然學生獨立的需求，應予接受，以避免衝突，並要幫助學生逐步的成長，逐步的學習獨立和自我管理。

七、認知發展和行爲問題

老師提供的學習內容，或呈現教材的方式應配合學生的認知發展，否則學生會無法接受教材，因而對上課厭煩，這都容易產生行為上的問題。

八、情緒、人格特質和行爲問題

學生的情緒可分成神經質和穩定二類。神經質的學生，焦慮、害怕、猜疑、過度防衛，容易有行為問題；情緒穩定的學生，適應良好，對生活有正面的態度。

人格特質的分類有幾種：

外向—內向型。外向的學生，在安靜的環境或著重個別學習的活動，容易有行為問題。內向的學生，在需要高度活動、互動頻繁的教室，容易有行為問題。老師要在外向性活動和內向性活動當中取得平衡，以滿足不同人格特質的學生。

嚴謹—不嚴謹。個性嚴謹的學生，喜歡凡事事先做好準備，不願被干擾。個性不願被拘束的學生，喜歡即興的、不同的活動，易違反常規。嚴謹的學生不喜歡老師沒有足夠的目標導向，他們認為是浪費時間。不願受拘束的學生，不喜歡老師過分嚴肅、不風趣。老師應視情境表現嚴肅和不嚴肅的一面。不論是那一型的孩子，老師應引導他們有彈性。

九、創造力高的孩子與行爲問題

創造力高的孩子，較獨特，通常老師、學生較不喜歡，因而表現出敵視、不滿意或反抗，在傳統型的老師教導下，情況最糟。

十、資優兒童與行爲問題

資優兒童可能比老師優秀，老師無法接受，並與學生競爭。假如資優兒童被父母支持，可能更肯定自己而挫敗老師。老師應接受他、欣賞他，並用老師的專業知能引導他，鼓勵他發揮其潛力。

十一、嚴重困擾孩子的行爲問題

這類孩子沒有人願意去了解他，提供他們有價值的東西，他們缺乏愛與支持，傾向暴力。孩子所以如此，不是天生的，乃是後天環境造成。當你了解他冷酷的背景後，你可能會欣賞他們，並了解隱藏在暴力行為之後的需要。老師處理這類孩子，首先要了解他，你就較有耐心。

十二、學生的心理需求與行爲問題

Dreikurs、Glasser、Erikson 和 Maslow 等人（Jones & Jones, 1990）認為凡是人都有其基本的心理需要，這些需要如果未能循正當的途徑得到滿足，便會以不適當行為出現。很多時候，學生所以會表現不當行為，乃由於其基本的需求沒有得到滿足。所以老師應當了解學生的基本心理需求，並幫助學生滿足這些需求。

學生的心理需求是什麼？Dreikurs 認為是「被社會接納」。Glasser 認為人類有幾種基本心理需要：愛與被愛的需要，個人和別人眼中感到有價值的需要、自由的需要、自我管理的需要、有趣的需要。Maslow 認為人類的基本需求有五：生理的需要、安全的需要、愛與隸屬的需要、自尊的需要和自我實現的需要。Erikson 認為國小階段的兒童需要證明自己是個有能力的人。Dreikure、Glasser 和 Erikson 提出的心理需求，都可以包括在 Maslow 的需求理論中。為滿足人類的五種基本需求，教師或學校應注意下列事項：

㈠老師應注意學習環境的舒適性和美觀，注意光線、聲音、溫度、空氣、學習時間、學生的學習型態(視覺型、體覺型、聽覺型)及學生移動(mobility)、互動(interaction)和親密的需要,以滿足其生理上的需要。

(二)在校園、教室或遊戲、運動場所,應注意各種設施的安全性,避免受到大人或同學的身心傷害,避免給予不必要的心理壓力,以確保學生的生理和心理安全需求之滿足。

(三)老師應接納和尊重學生,學生之間也應彼此接納、支持、幫忙與尊重,學生愛與隸屬的需求才能得到滿足。

(四)老師應製造溫暖、安全的學習環境,應用有效的教學策略,使學生很清楚教學的目標,主動的參與學習活動,並能獲得學習上的成功,學生才會擁有自尊。

(五)老師應設計多種學習活動,如討論活動、專題研究活動,鼓勵學生接受挑戰,以激發其好奇心及培養學生分析問題及有效抉擇的能力,才能應付瞬息萬變的時代,學生才有自我實現的可能。

陸、文化因素

不同種族文化的兒童,有其不同的行為模式、道德規範、宗教信仰和價值觀。而老師多數較熟悉與多數種族的人相處,對於少數民族較缺乏耐心,而引起仇恨或家庭和學校的衝突。老師應對少數種族的文化、行為方式、道德規範、價值觀有所了解,才能尊重與欣賞他們。

此外,來自不同種族的人,可能語言上的隔閡而產生教室常規問題,老師應予注意。

第二節　老師的因素

筆者近年來在教室進行「班級經營」之實地研究，發現教室問題的產生，很多時候在於老師未能說明清楚；未能有效的指導；或未能預防於先；或教師行為不當所致。而老師自己未能察覺，反過來責備學生的不是。有效的班級經營，老師應時常自我反省並自我管理。以下詳細說明產生教室問題的教師因素：

一、教師未能妥善經營自己的生命

史英（民81b）說：「決心做好班級經營的老師，請從經營自己的生命開始。」一個老師自己的生命，自己的家庭沒有經營好，實在就很難經營好一個班級。

二、班級經營的知能缺乏

由於老師缺乏班級經營的系統知識與有效的策略，所以許多教室問題未能防犯在先，而事後的矯正又無良策，所以教室問題層出不窮。

三、未具備做爲老師的一些基本修養和特質

我們並不期望老師做個「完人」，但做為老師至少應具備一些基本修養或特質：

㈠每天快快樂樂、高高興興的上班和教學（enjoying teaching）。

㈡每天自我反省所做所為優劣之處。能自我反省，才會成長與進步。

㈢讀書，不斷的讀書，讀深一點的書。社會變遷非常的快速，老師不斷的讀書，才能付予教材現代的意義，才能教導今日的兒童去適應未來的社會。教學方法、策略日益進步且多樣化，老師不斷的讀書，才能應用更有效、更多樣化的方法教導學生。此外，老師多元化的知識、思想、觀念和價值觀、寬廣的視野與器度，才能拓展學生的視野，並培養具有國際觀的世界公民及現代化國民。

㈣對學生有正面的態度，正面的期望。您認為學生會變好，學生就會變好。你認為學生會學好，學生就學好，所以老師對學生要有正面的態度和期望。

㈤自信的。老師的自信來自於對自己行為的滿意。老師要不斷的充實自己的知識和能力，並真心真意的投入，才能有所成，進而肯定自己，提昇自信心。

㈥冷靜的、放鬆的，不要太拘謹或冷漠。冷靜而放鬆的，碰到行為問題，不會生氣。生氣對行為問題會過度反應，學生也生氣，結果師生很難客觀的面對問題、處理問題。老師未能自我控制，就很難要求學生自我控制了。

㈦耐心的。老師要訂合理的期望，才不會對低能力者緩慢的進步沒有耐心。沒有人願意失敗，學生的失敗是其對基本知能的不了解，這對老師也是一種回饋。老師應考慮用更合適的方式呈現材料，儘可能給學生成功的經驗，學生成功了，將更有動機學習，老師也經驗到成功的滋味，這對老師是一種最大的獎勵。所以做為一位老師，耐心是必要的。

㈧公平的、一致的。老師對待學生的態度應公平，給每個人學習的機會應相等，老師注視每個學生的時間應一樣長，評分應公平，對學生行為的要求應前後一致。

㈨講解清楚、聲音悅耳、專業、堅定、熱忱、友善且堅持原則。喜歡和孩子在一起，喜歡且尊重每個孩子，很少公開毀謗學生，或私下毀謗老師，對違規學生很少負面的評論，並相信他們可以改變。

㈩教學前充分的計畫與準備，教學時間有效的利用，教材豐富，教學活動的進行流暢而緊湊，學生有更多的學習參與，師生或同學之間的互動頻繁，則學生學習興趣盎然，沒有時間分心或表現其他不當的行為。

具備以上之特質或修養，並真心真意的投入教學工作，才能成為一位勝任、愉快且有尊嚴的老師。這些特質不是天生的，可以經由後天培養。培養這些特質固然不易，但與其每天和學生打一場混仗，不如付出時間和努力去培養這些適切的人格特質。

第三節　學校的因素

筆者近年來在教室進行「班級經營」之實地研究，發現班級經營之良窳，除了老師、學生的因素外，和學校的領導與管理、學校行政的運作有密切的關係。例如，開學前一、二天，老師才知道其任教年級、任教的學生、任教的科目和上課教室。因此，開學前老師沒有進行其應有的準備，久而久之，開學前不必做準備，也就習以為常了。開學第一星期，有那些重要工作要做，時間上如何規劃，需要那些工具或材料，也沒有周詳的計畫和準備。因此，開學第一星期要做什麼，老師也習慣於不做計畫，反正到學校聽從指示，要做什麼就做什麼。學校各部門的運作、統整、協調不夠。因此，學校如果能企業化的經營與管理，相信可以增進教育績效與提昇教育品質。

此外，學校校長和主任應多了解老師的需求，並給予必要的支援與支持，將有助於老師的班級經營。例如一般的老師都希望學校能盡量提供其教學所需的材料和設備，給予在職訓練，支持教學活動的改革，給予正面的回饋，給予老師精神上的支持和鼓勵，對於教學或處理特殊學生的問題有困難，能給予協助或提供所需的新技巧。這些需求能被了解與支援，將對老師的工作士氣具有莫大的鼓舞作用。所以校方應運用多種管道和多種方式去了解老師的需求，並共同面對問題，研商合理、可行的解決方法。上下一心，同心協力，才容易達到學校教育目標。

有人研究一些經營成功的學校，發現這些成功的學校具有下列之特點（Fontana, 1985）：

一、少數幾條校規，很清楚，公開宣佈，而且前後一致徹底的實施。

二、校規符合社會需求，兒童也認為公平、適當。

三、因應兒童的發展及社會變遷，校規是可以改變的。

四、師生、教職員間有清楚、有效的溝通管道。

五、任何決策不是任意的，它通常經過一定的程序或標準。

六、如果可能，學校的主要問題應提供民主辯論的機會，至少應有機會讓他們表達其意見。

七、學校提供有效的教學，以提高學生的學業成績和促進社會行為的發展。

八、學校會用實際行動表達對學生個人及學習的困擾給予協助，沒有一個人或一個團體感覺到他比別人重要。

九、學校提供文化、運動、休閒方面的滿足，這些方面的滿足都融入學校生活中。

十、學校和社區、家長保持密切聯繫，並鼓勵其參與學校活動。

十一、學校有一套評量工具，以評量學生的需求，並滿足其要求。

十二、對於升學或就業有很好的輔導方案。

十三、各種能力的學生都能提供機會去接受挑戰。

十四、對於特殊學生，有一套有效的輔導方式。

十五、課程有趣，並能滿足學生的需要。

十六、採用標準參照評量，強調學生自我的比較，以免製造太多「失敗的學生」。

所以談「有效的班級經營」，筆者認為不只是級任老師的事，學校的制度、組織結構、領導、管理、運作、學校的教育哲學、學校氣氛、教職員之士氣、課程等對班級經營之成效，也具有相當的影響。

第四節　社會的因素

目前的家庭結構和以前有很大的不同，根據美國的調查（Jones & Jones, 1990）顯示：只有7%的兒童生活在所謂的穩固的家庭裡（即一對夫妻，其中只有一人上班），40％是單親兒童，14％是未婚家庭，30％是鑰匙兒，20％是貧窮家庭，15％有生理或心理缺陷，700,000 個兒童無家可歸。缺乏穩固的家庭，孩子容易產生壓力，他們沒有能力應付學校所要求的學業和社會的要求。又根據研究（Jones & Jones, 1990）顯示：吸毒也是由於無法處理壓力的反應。此外，物資的誘惑，減少學生花時間、精力、能力在課業上。因此，學生行為問題的產生，和社會環境也有密切的關係。

國內由於大人的不良示範，如國會之暴力行為、街頭暴力、家庭暴力、電視暴力、甚至學校暴力，在在埋下孩子暴力行為的種子。近年來社會風氣萎靡、重功利、重物質享受，忽視道德、良心的覺醒、好逸惡勞、奢侈浪費，因此，孩子也只知道享受，不知道勤儉；只顧自己，不會想到別人。家庭結構也以雙薪家庭居多，單親、未婚、破碎家庭日益增加，孩子由於缺乏適當的教養，或生長在不健全的家庭裡，不良行為在家裡已經浮出。所以孩子良好行為的養成，必須仰賴良好的社會風氣，健全的家庭，適當的家庭教養觀及良好的學校教育。因此，學校教育、家庭教育和社會教育三者都應扮演好自己的角色，發揮各自的功能，孩子才有希望，國家才有前途。

第四章

班級經營的有效策略

從本書第一章到第三章，可以了解到班級經營是一件不容易的事。從國內外若干研究（李春芳，民82；高敬文等，民75；謝寶梅，民82；Blair & Bercik, 1981; Chiu 1975; Wodlinger, 1986），可以了解到班級經營是國內外中小學老師很困擾的事。所以班級經營著實不易，尤其老師們缺乏系統化的班級經營知識及具體、有效的策略，班級經營更見困難。

多年來，筆者一直在想，國小老師需要那些班級經營方面的知識。經文獻的閱讀及在教室進行實地研究之所得，本書第一章到第六章，即筆者認為重要的班級經營知識。

本章是談班級經營的有效策略。對於初任教師或班級經營欠佳的教師，尤其需要知道經營什麼？怎麼經營？下列是筆者認為重要的班級經營事項：開學前的準備、開學初的活動或工作要項及工作要領、教室物質環境的安排、班級氣氛的營造、班規的建立、例行活動程序的建立、教學管理、行為管理、特殊兒童的管理、親師關係的增進及教師的時間管理等。以下分節詳細說明各項工作的具體經營策略。

第一節　開學前的準備

初任教師在開學初幾天，時常被接踵而來的工作壓得喘不過氣來，而且他們也被要求像有經驗的老師一樣，熟悉環境和設備，熟練教材和教法，並做好開學前各種準備。

根據研究顯示：開學初幾天的教室管理和組織，學生常規的建立，師生關係和教學活動可以預測未來一年的班級經營情形

（Emmer, Evertson, & Anderson, 1980）。

因此，開學初幾天非常重要，要做好開學初的工作，老師們開學前一定要做好各種準備。Cangelosi（1988）認為老師至少在開學前一星期，就要進入教室做各種準備。Schell 和 Burden（1992）也認為開學前的準備工作很重要，尤其是初任教師或新進某一所國小的教師。而學校校長、主任也有責任在初任教師或新進教師到任後，給予職前講習，熟悉學校和校區之人事物，使其很快的適應新學校。

至於開學前準備什麼？如何準備？根據筆者在國內的調查（張秀敏，民 84d）及 Schell 和 Burden（1992）的研究結果，將之整理歸納於下。

開學前的準備，共分三大項：

- 熟悉學校和學區內之人、事、物。
- 教室組織和教室規範。
- 訂定教學計畫。

以上三大項目之每一大項又包括若干小細目，最好於寒暑假中依序一一準備。做好準備，開學初的工作就會進行得很順利。茲將其準備事項臚列於下。

壹、熟悉學校和學區內之人事物

一、教學資源方面

㈠取得教科書、習作簿、教學指引、測驗或評量工具及其他重要的教學資料，並仔細研究教學目標、教學內容和教學策略。

㈡如果學校有自編的課程或教學指引，應予了解，並找出適用、可用的部分。

㈢每一科的教學內容予以摘要。

㈣了解學校是否有特殊的教育方案或實驗方案要加入課程中，如生涯教育、藝術欣賞、能源教育、經濟教育。

㈤了解學校有那些教學資源可以供應，如圖書、教具、錄音帶、視聽器材等。

二、學校設備、人事及其服務事項

㈠熟悉教室內的設備：如老師和學生的桌椅、書架和櫥櫃等。

㈡熟悉學校的主要建築及其設備：如圖書館、活動中心、合作社、電腦教室、音樂教室、視聽教室、自然科教室、保健室、儲藏室、火災警報器及滅火器、失物招領處、影印室。

㈢熟悉學校的老師：可以邀請同事一起喝咖啡、吃午餐、會談或請教問題。

㈣認識學校的行政人員及其他教學資源人士，如視聽中心管理員、圖書管理員、體育器材管理員、體育老師、音樂老師、司機、廚師、護士、警衛。

㈤貧寒學生或特殊學生，學校有無特別輔導措施或任何補助。

三、學區和學校的規定及政策

㈠了解你的職責，如早自修、升旗、午餐、午休、收午餐費、整潔活動、各種競賽或活動、路隊、導護、遊樂區、運動場等職責。

㈡徹底的了解以下各種事件，學校處理的方式或程序，如火災、地震、颱風、學生缺席、生病、受傷、設備的使用、學校的紀律（那些是禁止的，那些是允許的）、午餐的規矩、廁所使用的規矩、運動場的規矩、衣服的規定等。

㈢了解學校對老師及其教學的種種規定：如生病請假的手續、學校外出的規定、教室義工的規定、教職員會議、使用辦公室電話的規定、單元教學計畫、學生有關資料的記錄及其形式、衣服的規定、信件的收發等。

四、認識學生

㈠閱覽學生的各種資料或記錄。

㈡計算學生各科成績的全距、平均數等，以了解學生各科程度優劣，及有多少高成就兒童、多少低成就兒童？分組教學時，應如何分組？所用的教科書和補充材料是否適當？

㈢再仔細研究學生的資料，了解每個學生的：

1. 家庭情形。
2. 特別的優點、缺點、興趣、才能。
3. 記下學生的生日在日曆上。
4. 注意有那些學生參加特殊教育方案，如低成就兒童之教育、資優教育、語言治療、資源教室。
5. 記下學習或身體缺陷的學生。
6. 記下健康有問題的學生，包括過敏現象。
7. 記下回歸主流教育方案的學生，那些科目在班上上課，那些科目在特別教室上課。
8. 記下那些學生因宗教理由，不能參加那些學校活動，或那些學生需要參加那些特殊的宗教活動。

五、認識學區

㈠找一份地圖研究學區的位置。
㈡了解學區內居民的主要職業及學生家長的職業，了解學區內有那些私立學校或教會學校，那些人就讀。
㈢如果有時間，騎車在學區內或學生住家附近繞一繞，以了解學區內住屋的大小、新舊、房子的型式（公寓或獨棟）、維護情形、景觀、交通工具、休閒活動等。
㈣了解學生上學、放學的交通工具及所需時間，如此可以估計學生幾點睡覺、幾點起床。

六、了解社區資源

㈠了解學區內有那些資源，可以增進學生的學習經驗，如博物館、圖書館。有那些地方可以去參觀，如銀行、工廠、郵局、機場、報社、百貨店等。
㈡了解學區內有那些人士可以支援教學，如收藏家、藝術家、寵物的主人、花商、獸醫、泥水匠、機械、氣象人員等。
㈢配合課程，安排這些人員指導，或前往參觀。

七、了解學校的行事曆，並據此訂定本班的行事曆

開學前即應了解學校的行事曆，以便計畫本班的行事曆及教學進度，尤其開學第一星期的行事曆，更應詳細計畫，並於開學第一天張貼出來，讓學生知道開學第一星期每一天的活動及活動時間。

八、訂定本班的學年教育目標

老師可從德、智、體、群、美五方面或老師的專長去尋找本班的學期或學年目標。如培養有智慧、有氣質的孩子，培養有創造力、問題解決能力的孩子，培養整潔、禮貌、有責任的孩子，培養活潑、開朗、快樂的孩子。

貳、教室組織和教室規範

一、設備的安置

㈠決定教師的桌子、學生的桌子、及其他傢俱的擺設位置。開學初，學生的座位，最好是傳統的排法，一行一行。直到教師可以控制常規，才實施分組教學或其他的座位編排方式。
㈡如果你需要其他的設備，可以向學校詢問。

二、教室的擺飾

㈠規劃適當的位置以展示學生的作品、教材或學生的照片等。
㈡展示一些適切的圖片、圖表或地圖。
㈢考慮種一些盆栽或擺水族箱。

三、輔助教材的收集

㈠收集一些輔助教材放在教室，如遊戲材料、圖片、錄音帶、紙張、各種活動及其進行方式之構想、地圖、圖表、室內室外遊戲器材。

㈡假如你有一些錢可以購買輔助性教材，可以請別的老師介紹，或到教學用品店參觀選購，或到二手貨商店採購。

四、材料的組織

㈠設置檔案夾，以存放學區或學校有關的檔案資料，如校長或視導人員之指示、專業團體之資料等。

㈡根據課程或教學先後順序，將輔助性教材依序放在盒子、櫃子或抽屜裡。

㈢幾乎任何「廢棄物」都可以用來做美勞設計材料或教育遊戲，所以開學初可以準備二個大箱子，鼓勵學生攜帶廢棄物來放，如壁紙樣本、卡通圖案、使用過的電腦紙、舊雜誌、聖誕節及其他節日的卡片等。已經收集滿了，就要將它加以組織放好。

五、紀律、控制與管理

㈠訂定幾個明確的班規，並徹底的實施，最好是正面的行為，如上課要專注、對別人有禮貌、尊重別人及其所有物、準備好上課要用的東西、遵從老師的指示、盡最大的努力做好自己的工作，上課說話要舉手等。

㈡將班規寫在展示板上，並予以陳列和討論。

㈢訂定違規學生的後果管理辦法，並在開學第一天和學生討論（最好事先和有經驗的老師討論你的作法）。

㈣訂定增強好行為的方法。

六、例行活動程序的規定

對下列例行活動的程序做明確的規定：早自修、升旗、整潔活動、上課、下課、團體教學、分組學習、個別習作、專科教室的使用、圖書館的使用、老師桌椅的使用、學生桌椅的使用、收發作業、材料、及各種費用、午餐、午休、降旗、放學、客人來訪、測驗或考試、尋求老師的協助、缺席返校、丟垃圾等。

七、清潔工作的分配

準備一張清潔工作分配表及所需的清潔用具清單。

開學前，老師應先了解本班的清潔區域及清潔事項，然後依照本班人數，規劃每個清潔項目的人數，製成一張清潔工作分配表。開學第一天、第二天，老師即可分派每個同學清潔工作。

開學第一星期，整理教室及校園環境應為學校的重要工作。所以開學前，老師除了規劃清潔工作之分配外，再仔細想想整潔工作的安全指導事項及所需要的全部打掃用具是些什麼，並事先準備好。則開學初的打掃工作，將會很有計畫，有條不亂、有效率的完成。

八、班級幹部的選訓

事先規劃本班所需之幹部種類及人數，選出方式以及訓練方法。

每班的需要不同，每個老師的做法，作風不同，班級幹部的類別及人數不必完全依照學校的規定。例如班長也可以二位，學藝股長可以三位，衛生股長二位…等。此外，班級幹部除了傳統的班長、副班長、學藝、康樂、衛生、體育、總務等股長外，可以增設正、副祕書長（幫老師傳遞文件）、鄰長（收發作業、講義及資料）、營養午餐幹事、圖書幹事、講義幹事、輔導幹事等。

至於幹部產生方式，選舉幹部的時間，開學前也應仔細構想，是選舉產生，老師指定、或自願。老師可視班級情況或職別採取一種或多種方式。至於幹部產生的時間，如果老師不熟識學生，可以暫時選出臨時幹部執行工作，一個月後再正式選出。

開學前老師也應思考何時訓練幹部、如何訓練、如何了解幹部的工作狀況。將幹部訓練好，可以很有效率的做事，可以減輕老師的工作，也可以增進學生待人、處事的能力及責任感的培養。

九、班級名册的準備

㈠準備一份班級名冊，左邊一欄寫上學生名字，右邊空五、六行，影印幾份，以便記錄下列資料：

1. 學生交作業情形；
2. 技能是否精熟；
3. 訂購書；
4. 交書款；
5. 那些學生家長允許其旅行或戶外教學。

㈡準備一檔案卡，每個學生一份，記載學生的名字，父母或監護人的名字、住址、電話、生日等，以便迅速找到學生的基本資料。

十、學校和家庭的聯繫

㈠寫一封友善的信給父母，內容包括：你的背景，你的學年計畫，何時開母姊會，如何和老師聯絡，家庭作業的方針及要求，評分的方式，建議父母如何幫助學生學習和生活適應，列出本學期所需要的文具、學習材料、工具書、參考書、適合的兒童的讀物、雜誌和報紙，學校特殊活動的日期，幾點上學、幾點放學，衣服的規定、午餐、午休及其他想讓家長知道的事。

㈡想想怎麼做才能得到家長的支持及贏得家長的敬重？

㈢開學初數星期，每星期向家長報告一次學生學習情形。報告內容如下：

1. 報告好的表現；
2. 簡短的工作習慣檢核表或工作完成情形；
3. 請家長簽名。

十一、師生的溝通

開學前準備好每人送一張卡片，卡片內容寫上你的歡迎之意，今年的重要活動及特別表演所需的道具。

十二、生日和其他慶祝活動

㈠設計一列火車圖，每節車廂寫上月份及當月生日學生的名字及日期。

㈡決定假日或寒暑假期間生日的同學的慶祝日期。例如假日生日的同學，可於返校第一天舉行，於暑假生日的，可提前於六月舉行。

㈢製作或購買生日卡，每位學生一張，依序排好。

㈣計畫如何慶祝生日，可不可以開舞會，要不要送禮物，壽星是否給予特權，是否有個特別裝飾過的生日椅子，或皇冠戴在頭上（低年級），決定何時，如何唱生日快樂歌？

㈤幾個重要節日，如兒童節、校慶、校運，學校的慶祝方式，你應該加以了解。

十三、師生辨別方式

㈠準備好學生姓名標籤，固定在桌上，學生第一天到校，就可找到位置。

㈡準備姓名標籤，貼在學生私人物品儲藏的櫃子，以便辨認。

㈢將你的名字、年級寫好，貼在教室外頭，學生第一天較容易找到自己的班級。

十四、緊急狀況的處理

學生可能有那些緊急狀況發生？學校的處理原則是什麼？我的處理方式有那些？

叁、訂定教學計畫

一、長期計畫

㈠寫出各科教學大綱。

㈡訂定各科教學進度，訂教學進度應考慮學校的行事曆、假日、和段考日期。

㈢各科教學盡量統整，注意各科間的統整。

㈣教學進度不要排得太緊，老師才有時間複習、實施補救教學，或其他意外發生時停課，才有補課時間。

㈤未來一學期，有那幾種不同型態的學習活動（如團體教學、討論、示範、實驗、練習等）？為使學生專注的學習，不同的學習，不同的學習活動應訂定那些規矩或對其行為的要求是什麼？

二、輔助教材的準備

㈠在概略的教學計畫中，加入相關的教材或活動，如旅行、資源人士、遊戲、作業、書籍等。

㈡了解圖書館或視聽中心有那些教學上所需要的影片或錄音帶，事先預約多種的輔助材料。

㈢準備開學初數星期教學用的輔助材料。

三、訂定概略的教學計畫

鉤畫一個比學年度計畫更仔細，但比單元教學較少的教學計畫。

四、訂定一週的教學計畫

根據概略的計畫，安排開學初數週的行事曆，並將第一週的行事曆貼在教室。

五、訂定每天的教學計畫

將開學第一週每一天的教學計畫訂得更仔細，包括教學目標、教學準備、教學策略、團體或個別活動、討論的重點及各種資源，盡可能依照傳統的教法進行，一直到你有信心可以掌握學生時才可改變方法。盡可能控制教學進度，並準備一 些額外活動，以備不時之需。

六、評估學生的程度

㈠各科教學前，可以用前測、複習、紙上作業、口頭活動、觀察量表，評估學生的程度。

㈡將評估的結果，做個簡單的圖表標示出來，如

項目／等級／姓名	拼音		
	優	中	低
小美			
小英			

㈢將評估的結果，和學生的成績記錄表做個比較，了解差異的原因，或詢問前任教師。利用這些資料來做教學計畫、指派作業或適當的分組。

㈣找以前的老師談，以了解學生的優點、缺點及特殊需要。

㈤和校長討論學校一般學生的情形及班上的特殊學生。

㈥每位學生準備一份檔案夾，存放各種記錄、作品或其他資料。

七、準備備用活動

準備一些備用活動和活動所需材料放在盒子裡或卡片檔案中，當氣候不好需要改變教學活動，或科任老師晚到、或進行的活動比預定時間提早結束時，可以隨時備用。這些活動包括猜謎語、寫作業、閱讀、教育性的遊戲、討論問題、創作、朗讀故事

或詩歌、有趣的藝術活動、找字、腦力激盪等。最好是依照科目準備各科適用的備用活動。

八、準備一份資料給代課老師

存放的資料包括每天的行事曆，科任老師的名字，要到資源教室上課的學生名字，何時去、何時回來，班級座次表、班級名冊及特殊學生的名字。

九、開學前一天的檢查

㈠你的名字、年級別、班別已經貼在教室外。
㈡姓名標籤已經固定貼在桌上，或要學生自己寫姓名的標籤材料已準備好。
㈢你的名字和開學第一天的日期已寫在黑板上。
㈣教室呈現多彩多姿並歡迎學生到來。
㈤教科書、簿本、教學材料數量已準備夠了。
㈥教室裡多出一、二張桌椅，供轉學生坐。
㈦你已經看完學校行政手冊，並熟悉學校和學區的規定和政策。
㈧第一週的教學計畫已準備好放在桌上。
㈨班級名冊已準備好放在桌上。
㈩第一天教學所需材料已準備好。

肆、初任教師開學前的準備工作

初任教師開學前的準備工作，除參考本節所列資料，尚需做到以下事項：

一、儘早拜訪學校。

二、約時間拜訪校長、主任。

三、拜訪學校時，衣著要得體，要顯得熱忱、敏銳、友善和真誠。

四、準備請教校長或主任的問題，如教室在那兒？我的學生有幾人？可以有一位資深老師（熱心）的名字和電話嗎？開學前有無職前講習？是否有學校行政手冊？可以有同年級老師的名冊嗎？我可以有開學第一天、第一星期的行事曆嗎？何時可以拿學生名冊？班級基本資料在那裡？我可以有教職員名冊嗎？

五、找個資深老師做你的顧問。

六、給自己購物、購買新衣、新鞋、整理頭髮。

七、其他（請參考附錄一如何做好第一年的老師）。

伍、開學前準備的要點

一、愈早準備愈好，最好暑假的第一天就開始準備。

二、至少在開學前一個星期就要回到教室做準備。

三、初任教師和新進教師更應及早準備。

四、學校應及早為初任教師和新進教師辦理「職前講習」，使其心理能安定下來。

五、學校最好編印一本「學校行政手冊」供老師們參考。

陸、開學前的準備常見的缺失

一、老師未能於開學前一個星期就回到教室做各種準備。

二、學校行政人員也未能於開學前做好各項行政前置工作。

三、校務會議未能於開學前舉行，老師不了解新學期，學校的種種措施、作法和學校行事曆，所以開學前無法充分準備。

四、老師任教年級及任教科目未能及早告知。

五、由於上述工作沒有進行，所以開學前的準備工作做得不夠。

六、開學前，準備什麼，如何準備，國內這方面的具體資料缺乏，學校和老師也沒有將多年的辦學和教學經驗歸納整理，所以開學前準備什麼，如何準備？沒有完整的資料可參考。所以開學前的準備，做得不夠理想。

第二節　開學初的工作及工作要領

壹、開學初的工作及工作要領

很多老師不知道開學第一天要說什麼？怎樣開始？開學時會遭遇到那些特殊問題？如何解決？開學第一星期有那些工作要做？怎麼做？國內這些資料非常缺乏，多數老師憑自己多年的經驗來做。國外則很注意開學初的活動安排。以下係筆者研究（張秀敏，民82b；民84a；民84b）所得之開學初的重要活動或工作及工作要領。

一、歡迎學生

學生進教室時，老師要溫暖的親切的歡迎學生，並幫助他們找個位子坐，或幫他們別上名牌，不要讓他們在教室裡走來走去，或大聲說話。如果學生坐得很無聊，老師可以準備一些圖畫用具，讓他們畫畫圖。等全班多數學生到齊了，才開始介紹活動。

二、自我介紹

老師先簡短的自我介紹，如介紹名字和興趣，不需要太詳細。

三、營造熱絡的班級氣氛

為營造熱絡的班級氣氛，師生可各自展現自己的才華，師生各自攜帶暑假旅遊搜集的藝品和大家分享，師生各自介紹及分享自己的假期經驗（包括有趣的事、有趣的活動）。

四、介紹重要場所的位置

介紹重要場所的位置，尤其開學第一天需用的場所，應於開學首日即予介紹，如外套、書包、水壺等從家裡帶來的私人物品要放那裡？廁所在那裡？如何使用？那裡喝水？垃圾桶在那裡？

五、學生相互認識

老師可進行下列活動，讓學生之間有初步的認識：

㈠每個人介紹自己喜歡的活動、愛好。

㈡二人一組，互相介紹自己的愛好、興趣，然後由對方向大家介紹。
㈢在名字前加一個形容詞，如快樂的×××，好奇的×××。
㈣在名字前加一種食物名稱，如牛奶×××，咖啡×××。

六、熟悉學校和教室設備、器材及其維護和使用上的規定

開學初老師應將老師的桌子、存放物品的櫥櫃、學生的桌子、電視機、電風扇、錄音機、錄音帶、遊戲或運動器材、削鉛筆機等設備之維護、使用時機、使用方法清楚的告訴學生。

七、整理教室

經過一個月的寒假或二個月的暑假，校園較髒亂，教室的灰塵、蜘蛛網也不少，所以開學第一星期，打掃工作應是每天的重要事情。老師應於開學前，就要仔細規劃和準備。有那些區域要打掃，人員如何分配，需要那些打掃用具？怎樣打掃？需要注意那些安全？然後開學第一天或第二天，就要分配學生打掃項目，並確實指導及要求學生做好整潔工作。

八、實施安全教育

老師應於開學初，適當時機教導學生有關交通安全、飲食安全、工地安全、校園死角安全、遊樂器材使用之安全、學習活動和學習工具使用之安全、整潔活動之安全、教室安全之維護，如何面對陌生人、戶外教學的安全及地震、颱風、火災、水災之安全事項。

九、編排座位

㈠開學初最好依傳統的座位方式編排，即分四排八鄰，一直到老師有把握能控制常規時，才變換座位型式。

㈡依高矮順序編排入坐。

㈢學生坐定後，老師再重新檢查是否妥當？桌椅高度是否適合學生的身高？過胖的學生是否另外準備適當的桌椅？桌椅有無破損？

㈣座位排定後，老師應畫一張座次表，登記學生的名字及座次。

㈤數天或一、二星期後，如果發現誰和誰坐在一起不適當，應予調整。

㈥每一星期按排調整一次坐位，使每一排有機會輪流坐在教室活動區（action zone）或T區。在T區的學生，師生互動次數較多，師生眼神接觸也較多，學習成就較好。一年級新生入學一個月後，對教室環境較熟悉了，再考慮換座位。

㈦低、中、高程度的學生要混合坐，常舉手的同學要分散坐，這樣可以幫助老師注意全班各個角落的每個學生。

㈧聽障兒童、過動兒童、低能力的學生，盡可能坐在教室前面，以便老師隨時就近輔導。

㈨座位的安排，應使老師能看到每個學生且可以很快走到任何學生的座位前。

㈩座位的安排，應使學生走動及工作容易。

十、建立班規和例行活動程序

互相認識後，就可以呈現重要的班規和例行活動程序及獎懲辦法。第二天、第三天還是要重複提醒，並且把班規和重要的例行活動程序貼在教室醒目的地方，以提醒學生。例行活動程序要教他們，但不要全部一起教。開學初數星期，老師要不斷監視學生的行為，不當的行為立刻制止，好的行為給予獎勵（班規和例行活動程序的建立，詳細請看本章第五節和第六節）。

十一、完成一些行政工作

㈠發課本和習作

1. 一鄰一鄰往後傳。

2. 拿到後老師要問有誰沒有拿到××課本（或習作）。

3. 檢查有無缺頁或嚴重破損之處。

4. 寫上姓名、班別和任課老師的名字。

㈡收註冊費

1. 學生自備零錢。

2. 老師將交來的錢數寫在班級名冊上。

3. 發註冊費收據。

4. 目前很多學校都由銀行或信用合作社代收註冊費，可減少老師這項工作負擔。

㈢收發各種調查表

學校各單位需要調查之所有調查表，宜事先準備好，統整在一起，放進大信封袋。開學初一併發下，並一併收回及統計，以免老師每天發調查表，每天收調查表，非常瑣碎，佔用不少上課時間，也費老師不少精力。

㈣填寫調查表

編各科教學進度表、填寫掃地用具調查表，布置教室所需材料調查表，其實這些工作都應於開學前就要準備好。否則開學初要打掃、整理教室、要發課本、要訓練常規、要相互認識，事情很多。可以在開學前做的工作，應事先做好，免得開學初，所有事情一起來，會壓得師生喘不過氣。

㈤整理學生的基本資料

十二、選訓班級幹部

班級幹部是老師的好幫好，能幹、負責、盡職的幹部可以幫老師很多的忙，可以為班上做很多事，而且在為班上服務過程中，學會如何待人、如何辦事。所以班級幹部的遴選及訓練很重要。

班級幹部除了學校規定的班長、副班長、總務、康樂、學藝、服務、體育等股長，老師可依班上的需要，多設置一些職位，讓更多的同學有機會為班上服務。例如：可設置鄰長、正副秘書長、開關電燈和門窗、班級圖書管理、澆盆栽、遊戲或運動器材的管理等負責人。

很多班級的幹部，只是例行公事的選出而已，老師沒有要幹部負起責任，也沒有指導或訓練幹部如何做好他的工作。如此，不僅幹部未能做老師的得力助手，幫老師分擔部分工作，而且也失去學習、成長和歷練的機會。所以班級幹部選出後，老師要確實指導，以培養出能幹、負責、盡職的幹部。

一個班級如果是重新組合而成的，或老師新接一個班級，同學之間、師生之間彼此並不熟識，班級幹部的選訓可於開學後一、二週才進行。在這一、二週內，老師應多觀察學生，同學之間也彼此觀察、認識，以了解那些人適合做那些工作。舊的班級，可於開學初幾天即可選訓班級幹部。

一個新組成的班級或低年級，需要選出能幹的當班級幹部，等到一學期後，班級凝聚力形成，班級很上軌道，幹部的職責有模式可循，班級幹部可以選出先前未擔任過的負責，使每個人有歷練的機會。開學初正式幹部未選出前，老師可以遴選少數幾位臨時幹部，暫時執行職務。

十三、轉學生的輔導

轉學生來到一所新學校，人地生疏，對於新學校、新班級的種種規定及設施全然不知道。為幫助轉學生很快的適應新學校的生活，老師應利用時間，將一些重要的事項詳細的告訴他們，並請班上熱心的同學從旁協助。

十四、開親師座談會

新學期開始，家長都很想知道學校或老師的種種做法、要求和規定，家長也很想讓老師了解孩子的情形。當然老師也很希望聽聽家長的期望或意見，也希望家長能夠和老師配合。所以開學初應儘早開親師座談會。（如何舉行親師座談，請參閱本章第十節）

十五、了解學生

輔導學生、教育學生之先決條件，就是要了解學生。如何了解學生？以下提供若干具體的方法：

㈠閱覽學校存檔之各種學生基本資料

閱覽之後，要保密，並忌對學生有先入為主的偏見。學生的好表現，繼續給予鼓勵、支持與加強，不當之行為或表現，盡量給予協助和輔導。

㈡閱覽學生的測驗資料

心理或教育測驗有相當程度的可靠性，但由於施測過程的不當，誤差也不少。因此，測驗資料也只是參考。此外，解釋測驗的意義，應對該種測驗的性質有深入的了解，才作解釋。否則錯誤的施測，錯誤的解釋測驗結果，而老師又產生先入為主的偏見，比不作測驗還糟。

㈢個別談話

個別談話才能深入了解學生，這是每個老師都有的經驗。老師應於自己一週的行事曆當中，安排和學生個別談話的時間。

㈣多觀察學生

除了上課，下課、整潔活動、升旗、午餐、遊戲活動，學生的本性會表露無遺。老師應於上列活動中，仔細觀察學生，並做軼事紀錄。

㈤家庭訪視

家庭對孩子的影響至深至大。因此，了解孩子，家庭訪視工作不可以免。看看孩子生長的家庭環境、家庭的成員及居住的社區環境，就可以對孩子有相當的了解。

㈥詢問以前的老師，但也切忌不要產生先入為主的偏見。

㈦詢問學生有關如何讓你在學校學得更好？如何讓你在學校過得更舒適等問題，以了解學生的需要。

㈧實施社交調查或做優點轟炸活動，以了解學生的人際關係及其優點。

㈨和孩子相處的經驗

資深老師通常教學效果較佳，原因之一，是其了解各年齡層孩子的發展及特性。因此，知道如何掌握孩子。所以老師和孩子的相處經驗，有助於認識你的學生。

㈩自己小時候的經驗

人都有若干共通性，所以回想自己小時候的情形，有助於你去認識學生。人有共通性，但也有差異性，自己也許是個案，切忌以偏概全。

㈩㈠發展心理學的知識及研究知識

許多專家學者用各種方法去了解人的身心發展，然後歸納出若干學說、理論，具有相當的正確性。因此，發展心理學的知識及研究知識，有助於我們認識學生，以免流於老師個人的偏見。

筆者最近幾年在國小進行班級經營之觀察研究，特別注意開學初的活動或工作及工作要領。雖然研究的學校和年級，每年不同，但筆者發現不管那一所學校，那一個年級，開學初的重要工作不外乎以上幾種。老師可視學校的情況和需要依事情之輕重緩急排個時間表依序去完成它，則開學初就不會亂成一團。最好將開學第一星期的活動及時間張貼出來，讓學生知道每天要完成那些工作，何時完成，老師也較能掌握時間、控制時間。

十六、其他特殊問題的處理

開學後數天，很多突發狀況會出現，老師不可能每一件都能預期到。但是那些事情經常會發生，偶而發生，或很少發生，老師應知道，並事先想到解決辦法。以下是一些經常、偶而和很少發生的事及其解決方法。

㈠學校同事、家長或其他客人來教室（經常）

如果會談時間很短，老師不需要離開教室，老師可請其進教室，一面看著學生，一面和他談話。如果會談時間很長，或老師必須離開教室，老師應指派一些工作給學生做。

㈡開學第一天有的學生晚到（經常）

老師也要親切的招呼他，安排座位，並利用其他學生寫作業時，老師將他們沒有聽到的訊息向他們講解。

㈢開學第一天後，有新同學轉進來（經常）

老師應安排時間和這些同學會談，告訴他們班上和學校的規定，並發給他們教科書、簿本或其他資料。如果老師沒有時間，也可以指導班上熱心又能幹的同學幫助他熟悉班上的規定，老師應密切注意新同學的適應狀況。

㈣學校要你完成大量的文書工作（經常）

老師應妥善安排個人的時間，利用學生早上未到校之前或放學之後來做。假如在上課中必須完成某項文書工作，你可以利用學生寫作業的時間做。

㈤教科書或重要的設備、器材不夠（偶而）

開學前你就要了解學生要用的器材、設備、教科書有沒有短缺，如果有，要告訴學校有關人員。如果上課了，還未補齊，老師應安排學生一起使用或向別班借，如果全班都沒有教科書，老師可先借用舊版的書。

㈥班上有特殊兒童無法了解及遵守你的指示（偶而）

你要安排這個學生的座位靠近你，並利用其他同學在忙時，給予個別指導，儘早和特殊教育老師討論這個學生能做什麼？如何教？也儘早和他以前的老師聯繫，給你一些教導上的建議，並儘早和其父母聯絡。

㈦學生重病或重傷（偶而）

如果是老毛病復發，老師則照往常的方法處理，並保持冷靜。如果是突發，老師就要聯繫醫務室來處理。

㈧學生哭（偶而）

這是剛入學的一年級小孩偶而會發生的事，沒有特殊原因的哭，老師得想辦法分散其注意力，或安排他做些活動，有時候可以指派一位同學陪他去喝水、洗臉，再回來上課，設法了解他，但不要過分注意或同情他，以免強化其哭的行為。如果哭聲不會干擾上課，就讓他留在教室；如果會影響，就暫時讓他離開教室，到辦公室，由學校其他人員代為照顧。

㈨尿褲（偶而）

這種事情發生對小孩子，尤其中高年級孩子，是很窘的事情，老師應給予紙巾讓他們私自去處理，不要羞辱他，並且打電話通知家裡拿換洗衣服來。然後私下詢問學生為什麼不上廁所，對於年紀小的孩子，老師應於下課時間提醒他們要上廁所。

㈩家長的疑問（經常）

尤其一年級的家長，開學初數天，時常會問老師一些問題，如幾點上學、幾點放學、什麼時候穿什麼衣服、什麼時候交註冊費、午餐怎麼訂、怎樣和老師聯絡、生病怎麼請假。家長問的問題都很雷同。為解決這個問題，同年級的老師最好於開學前，共同寫一封信給家長，將家長希望知道的事情或要家長配合的事項盡可能明確的告知。

貳、安排開學初的活動，應注意下列要點

一、開學初的學習活動應具下列特點：

㈠不要太複雜。

㈡要有挑戰性，且所有的學生都能成功的完成。

㈢安排正增強物，鼓勵學習專注的學生。

二、開學初的活動最好是全班性的，不要有分組或個別指導的學習活動。

三、開學初老師說話要短而簡單（K.I.S.S.－Keep it short and simple）。

四、開學初幾天，學生的注意力較短暫，不宜安排長時間的工作。

五、開學初應安排些戶外活動，以鬆弛身心。

六、準備幾首活潑的歌唱一唱，以舒解及放鬆身心。

七、學生未到之前，將當天活動的程序寫在黑板上。

八、開學第一星期的單元教學計畫，考慮老師是否有適當的時間觀察學生、認識學生、了解學生的需要，收集更多的訊息，以利未來的課程設計和學習活動安排。

九、開學第一星期的各項學習活動，應考慮老師是否能密切的監視學生，使不好的行為立刻矯正，好的行為得到增強而持續下去。

十、開學初老師儘量不要離開教室，俾能觀察及指導學生的常規。

十一、開學第一星期的工作，應依事情之輕重緩急，做妥善安排，並講究做事的方法和要領。

叁、級任老師每日應做的工作

初任教師往往不知道國小老師每天應做那些工作？怎麼做？所以第一年當老師，時常手忙腳亂。除了前面介紹開學初的重要工作及工作要領，以下介紹國小老師上課外，每天應做的工作。各校之間會有些許差異，所以下面所列之工作，僅供參考。

- 導護工作（每位老師一學期會輪做幾次）。
- 指導早自修。
- 參加老師晨會。
- 指導學生參加升旗典禮。
- 點名、晨檢、健康觀察、行為指導、處理級務、生活與學習輔導。
- 宣達、轉達晨會報告事項。
- 指導課間活動。
- 指導午餐。
- 指導午休。
- 指導午間重點打掃。
- 指導下午整潔活動。
- 處理兒童糾紛及偶發事件。
- 收作業簿、改作業、發作業簿。
- 訂正作業、催繳作業、規定作業。
- 指導學生填寫家庭聯絡簿。

- 批閱學生家庭聯絡簿。
- 指導學生或親自填寫黑板右側之年、月、日、天氣、值日生。
- 準備教材、教具。
- 處理級務或校務。

肆、級任教師每天的例行工作要點

屏東縣繁華國小對於級任老師每天例行工作，規定頗詳。以下亦提出來供參考：

一、晨間

㈠按規定時間到校簽到後，前往自己班級教室。
㈡準時參加教職員晨會。
㈢面帶笑容進入教室，師生相互問好。
㈣督促班級學生早自修及值日生工作。
㈤督促學生清掃工作。
㈥督導班級自治幹部處理級務。
㈦個別輔導。
㈧處理偶發事件。
㈨收款（學期初之三聯單收費及午餐學校午餐費。）

二、升旗

㈠隨班級隊伍參加升旗。
㈡督促整理隊伍（包括隊伍行進及精神表現）。

㈢維持升旗秩序。
㈣督導學生齊唱國歌。
㈤參加及督促學生做早操。
㈥督促學生注意聽講。
㈦協助學校及導護推行要求事項。
㈧隨隊伍進教室。

三、導師時間

㈠切實整潔和晨間檢查，並隨時紀錄（特別注意服裝儀容及神態）。
㈡檢查班級學生人數是否到齊（對缺席學生查明原因）。
㈢本日工作提示（簡要提示、無則免）。
㈣轉達學校及導護老師要求事項。
㈤實施生活與學習輔導。

四、上課及課間

㈠準時上下課。
㈡督促學生參加課間活動。
㈢批改作業、考卷。
㈣學生個案處理。（談話或家庭聯繫）
㈤處理級務及校務。
㈥擬定班級活動計畫。
㈦處理偶發事件。
㈧協助測量身高、體重及各種預防接種。
㈨與本班科任老師協調，了解學生上課及作業情形。

㈩輔導學生製作壁報。

⑪輔導學生參加校內外各項競賽。

⑫接待來訪家長及商談。

五、午間

㈠照顧學生中午回家路隊（讀半天中午放學時候之排隊）。

㈡每日與學生共進午餐。

㈢督導維護本班教室內整潔。

㈣督導學生午休秩序。

㈤登記整理學生資料。

㈥個案處理（特別注意學生生活與學習上的困擾問題之處理）。

六、整潔活動

㈠在場督導學生整潔活動，指導整潔工作之方法。

㈡注意學生安全。

㈢維持學生秩序。

㈣指導學生放置清潔用具。

㈤指導學生愛惜公物。

㈥注意學生衛生習慣的養成。

七、降旗及課後輔導

㈠隨學生參加降旗。

㈡督導整理隊伍。

㈢維持降旗秩序。

㈣協助導護老師處理事務。

㈤課後輔導（包括指示學生翌日應辦事項）。

八、放學及校務處理

㈠協助導護維護放學秩序及交通安全。
㈡檢查教室門窗及公物。
㈢處理校務、級務。
㈣隨機指導學生校外生活行為。
㈤簽退。

伍、開學初的活動常見的缺失

一、開學初的工作事項及工作方法，學校和老師都較缺乏做完整的紀錄和保存。因此，新學期、新學年的經營，大多僅憑一些不完整的記憶，所以遺漏、缺失年年無法避免。

二、學初的工作，國內老師較忽略的是：未能親切而溫暖的歡迎學生，未能營造熱絡的班級氣氛，沒有介紹學校重要場所的位置或教室重要設備的使用和維護，很少進行學生相互認識的活動，對於安全教育，常規建立，轉學生的輔導及學生的了解等工作也常忽略。

三、開學初的工作或活動沒有很用心經營。

四、未將開學第一星期每天的活動內容及其程序妥善安排，也未張貼在教室，所以開學初工作的進行較缺乏效率。

五、由於開學前的準備不夠，所以開學初各項活動的進行不夠順遂。

第三節　教室物質環境的安排

壹、教室布置的重要

杜威說：「要想改變一個人，必先改變他的環境，環境改變了，他就被改變了。」環境具有潛移默化之功，這就是所謂的「境教」。此外，學生每天在教室的時間長達八、九個小時，學習、遊戲、吃飯、午睡等活動都在教室進行。由此可以了解教室環境對學生的重要。

國內各級學校對於校園的美化、綠化工作非常重視，但對於各班級的教室，教育行政機構及學校行政主管較少給予重視及支援。因此，教室的軟硬體建設，廿年如一日。

在師資養成教育和在職教育的課程中，很少指導老師如何布置教室，也很少實際演練。所以有的老師有心想布置一個理想的學習園地，但不知道如何布置？布置什麼？有的老師根本無視於教室環境的重要性。所以小學的教室環境品質尚差強人意的，也不多。其實要提昇國民的生活品質，應從教室生活品質的提昇開始做起。因此，大家應共同來關心與重視學童的教室生活品質。

貳、教室布置的方法

一、教室布置的要點

教室環境有別於一般的環境。教室環境的布置，除了講究美觀、實用、經濟和整體性外，更應著重安全性和教育性。以下提出教室布置的幾個要點：

㈠走動容易、安全，而且盡量騰出空間供學生使用

學生進出頻繁的交通要道，空間要大一些，學生走動容易且安全。桌椅、櫥櫃等教室內設備之擺置，應考慮是否危及學生的安全。教室中很少用或不用的桌椅、櫥櫃，盡量移走，以免占用教室空間。

㈡每個學生，老師都能清楚的看到

不論是團體教學或分組學習或個別習作練習，不論是那一種型式的座位編排方式，老師都要能清楚的看到每個角落的每個學生。

㈢老師呈現學習材料時，每個學生都能清楚的看到或聽到

老師呈現學習材料，不論是用投影片、幻燈片、實物、圖片或寫在黑板上，或口頭說明，每個學生都要能清楚的看到和聽到。

㈣教學器材容易取得

常用的教學器材應放在老師容易取得的地方，以節省時間。

㈤教室布置除了些許的裝飾外，每一種布置應具有教育的功能。

㈥教室環境要顯得寬敞、舒適、美觀、明亮。

二、教室布置事項及布置要領

一般老師談到教室布置，只想到前後左右牆壁的裝飾與美化。實際上，教室布置的事項比這個多的多。

茲將教室布置事項及布置要領列舉於下：

㈠光線要充足

指定一位同學，負責教室燈光的開關工作。全班同學離開教室或自然光夠亮時，不用開燈，當自然光不夠時，一定要開燈。燈管灰塵要擦拭，而且用過相當時間之後要換燈管，以維護學生的視力。

㈡空氣要流通

早上到校，要將門窗打開，使空氣流通。即使是冬天，也要打開部分窗戶，以維持空氣的新鮮。

㈢灰塵、蜘蛛網要清除

桌椅、門窗、天花板、牆壁、地板的灰塵和蜘蛛網要注意清除，窗簾一學期清洗一次，如有電扇也應定期拆下清洗和保養，日光燈管上的塵埃和蜘蛛網要定時擦拭，使室內的塵埃減到最少，並能窗明几淨，以維護師生的健康。

㈣座位妥為安排

學生的桌椅，在開學初最好按傳統的座位編排方式排列，這種方式，學生容易專注，老師也易於維持秩序。一直到老師能控制常規時，可以依教學上的需要，改變座位編排方式。座位編排的方式應依教學活動的需要而改變，如團體教學時，最好一排一排坐；討論教學時，要學生彼此互相看得到。

㈤學生私人物品的存放要指導

學生私人物品，如書、文具、書包、水壺、彩色筆、書道、外套等，老師應指導學生放在那裡，如何存放。

㈥清潔用具妥善放置

教室清潔用具，要排放整齊，且不礙觀瞻。抹布和拖把要洗乾淨、並掛放在適當的地方晒乾。

㈦教材、教具妥善放置

教科書、教具、小黑板、展示牌、五線譜板、三角板、長尺、圓規、量角器、風琴、節奏樂器等教學器材各有放置的地方。

㈧教室最好有書櫥

教室最好有書櫥，陳列各種工具書、兒童讀物和報章雜誌。

㈨遊戲或運動器材妥為放置

遊戲或運動器材，如各種球類、跳繩、扯鈴、毽子、玩具、各種棋類應整齊放置於固定的地方。

㈩師生準備好若干常用的文具

老師最好準備一些每天經常要用的材料，如各種大小和各種顏色的紙、透明片、尺、膠布、各種顏色的自來水筆和粉筆、釘書機和大頭針。學生也要準備一些常用的材料，如有色筆、自來水筆、橡皮擦、鉛筆、剪刀、練習簿和練習紙等。

⑾教室最好有時鐘、日曆、計時器、醫藥箱等設備

教室最好有個大鐘和大日曆，掛在每個人看得到的地方。有個桌上鈴或計時器，作為活動結束和開始之信號。教室外洗手台，有肥皂架和肥皂。有紙巾、繃帶等簡單的醫藥箱，以應緊急之需。有指甲刀、梳子、釦子等針線包。如有鏡子、身高器、體重器和視力檢查表應放在適當的位置。有些老師還準備有鐵槌、起子、鉗子等工具，以修理一些小東西。教室裡如果有錄音機、錄音帶、投影機、削鉛筆機更好。這些東西都要安置在固定的位置。

(十二)教室內外適當的位置，可以擺幾個盆栽。

(十三)適當的時機，播放柔軟的音樂

以緩和學生的情緒，使學生能靜下心來工作。

(十四)牆壁和天花板妥為布置

牆壁可以展示學生的作品、單元教學材料、學生正確的作業、班規、榮譽榜和其他有趣的事。天花板可以掛些動態的東西、裝飾或學生的作品。下面是布置牆壁時，老師可以參考之事項

1. 要有張貼班規的地方。
2. 要有書寫每天的家庭作業和家庭聯絡事項的地方。
3. 要有布告事情的地方。
4. 要有展示好的或正確的作品和作業的地方。
5. 教室前面牆上設置榮譽榜，獎勵表現優良者。
6. 要有展示馬上要進行的教學有關的材料的地方。
7. 除了學生的作品、作業和單元佈置外，老師可依學生的年齡，參考下列項目（屏師實小，民 76），加以布置，可以增進師生之間、同學之間的關係，或加深、加廣學習的內容，或擴展學生的視野，或培養學生關心周遭的人、事、物及國內外大事之態度。

(1)新聞焦點：提出重大或引人注意的新聞熱門話題，再由學生寫出自己的看法或感想。

⑵好人好事：精神令人敬佩，事蹟感人的人、事報導，公布在教室，如陳益興老師感人事蹟，並鼓勵學生寫出自己的感受。

⑶愛心芬芳錄：如孝悌楷模的事蹟、捐助孤兒院、樂善好施的人，都是蒐集的主題，也讓小朋友說出看法。

⑷向人生挑戰：像殘而不廢、苦讀成功或艱苦奮鬥成功的真人真事，如杏林子（劉俠）、王瀚、胡榮華等人。

⑸古蹟之旅：陳列台灣著名古蹟圖片或文字報導，並鼓勵去過的學生寫感想，讓大家欣賞。

⑹台灣新天地：介紹台灣剛完成的一些建築物或場所，如中央圖書館、世貿中心等。

⑺環境保育專欄：將有關生態維護宣導圖片或文字資料，介紹給學生了解。

⑻政令宣導專欄：如整潔月、端正禮俗週或交通安全教育宣導海報或圖片，公布出來，再由學生發表感想。

⑼報紙雜誌角：如兒童天地、兒童的雜誌、國語日報等，擺放在立體木架上。

⑽歌謠欣賞：包括兒歌、童謠的欣賞，公布出來，讓學生朗讀，並可以仿作或寫感想。

⑾童詩欣賞：提供小學生所寫的現代新詩。另外，童詩材料也很多，可長期介紹給小朋友認識並可仿作。

⑿詩詞欣賞：提供唐詩、宋詞等古典文學，讓學生欣賞，並發表感想或仿作。

⒀修辭角：提出作文中可用的修辭方法，並舉出實例，如誇大法、縮小法、排比法、俏皮話等。

⒁成語介紹：介紹中國成語，並加以解釋、造句。

⒂俗語介紹：介紹中國留傳下來的俗語及西諺之類的。

⒃每日一字：把學生平日容易寫錯、唸錯的相似字形，同時出現，讓學生認識，並鼓勵學生造句，再公布出來給全班看。

⒄看圖聯想：陳列一張圖畫或連環圖畫，讓學生寫短文或用一些詞句形容所見之圖，發揮聯想力。

⒅座右銘：提供一些修身立志的勉人金玉良言，激發學生修身養性之涵養。

⒆好書介紹：每週陳列一本適合學生看的好書，可由老師推薦或學生提供。

⒇節日專輯：配合節日，如兒童節、青年節、母親節等，剪貼圖片或文字報導，陳列出來，供大家認識與深入了解節日由來及特殊意義。

(21)好文章欣賞：剪貼國語日報中「我的作品」、或「燈塔」或影印學生好作品及一些惕勵短文供大家欣賞。

(22)自然科學新知：如聯合報的「萬象版」，或影印雜誌最新的發明或科學新知，介紹給大家。

(23)為什麼系列：生活中一些司空見慣的事，卻隱藏著一些原理，如海底為何有綠、有藍？為什麼馬路上的鐵蓋子是圓的？這些可介紹給學生。

(24)我思我說：可針對國語科課文，提出較開放性問題，再由學生寫出看法。

(25)偉人名言及事蹟：介紹古今中外偉人所說過令人深思的話或介紹他不同常人的事蹟或童年故事。

(26)動腦角：包括語文遊戲，如謎語、填字遊戲，及有趣的數學遊戲或問題。

(27)放置圖書：如百科全書、班級圖書、圖書館配發的圖書等。

(28)放置錄音機：如詩歌吟唱教學，或配合國語科的故事錄音帶播放，生活與倫理時間的愛國歌曲等。

(29)自我介紹：介紹內容可由老師訂，學生自己設計格式並貼上相片，留有一欄－優良表現事蹟，由老師隨時記上。

(30)自我介紹：一週一個主題，如我的希望、我害怕、我想要、我常想等。

(31)心中感言：配合節日或所見報導，說幾句感恩或希望的話。

(32)我有話要說（無所不說）：以不記名方式讚美別人或提出對同學、班級、老師想說的話，或公開道歉、遺失啟事等。

(33)老師的話：提醒學生日常生活或在校生活中該注意或該做的事，如中視「大家一起來」節目中的提醒觀眾短語。也可以公布那些事預定完成的日期，讓學生知道。

(34)模範角（好榜樣、榮譽榜）：公布有優異表現同學的自我介紹，和全班所得的團體獎狀、錦旗等。

(35)壽星轟炸角：將該月的壽星同學名單公布出來，全班來寫出他們的優點，或對他們的希望與祝福的話，公布出來。

(36)分享角：學生把自己心愛物品，帶到教室陳列，與同學分享，包括集郵冊、裝飾品、相簿、玩具、童玩、剪貼簿、手工藝品、素描本等。

⑶老實話（老實樹）：每週選出模範兒童，由同學將他的個性及一些小祕密老實寫出來，公布給大家，或按座號，每週或幾天推出一位主角。

⑻猜猜我是誰：由學生把自己小時候相片拿來陳列，或用文字、或用圖畫描繪自己，讓全班同學猜，使同學彼此更加認識。

⑼遊戲角：放置有益身心健康的體育用具，如迴力球、溜溜圈、扯鈴等，供學生遊戲。

⑽開心角：陳列幽默短文、一些笑話、繞口令等讓大家欣賞，開懷一笑。

⑾稀奇古怪：蒐集有趣、難得、或世界之最的圖片或文字報導，展示給學生欣賞。

⑿廚房妙招：蒐集廚房、家事小常識或食譜，提供學生認識。

⒀創作新典：提供磁鐵，由學生用磁鐵排出各種圖案、圖形，供大家欣賞。

⒁你怎麼辦：提出生活周遭切身問題，如「出外郊遊遇到虎頭蜂攻擊，你怎麼辦？」來讓學生思考應變的方法，又如「回家路上發現有人跟蹤你，你怎麼辦？」等問題。

8. 參考別班教室布置的情形，可以得到教室布置的靈感。

9. 不要花太多時間布置教室，因為開學初有好多工作要準備。

㈤空間妥為規劃

教室空間都不是很大，所以教室內的設備應妥善的放置。茲提供下列四點供空間規畫時之參考：

1. 妥善安排教室內的傢俱和設備，使每位學生都在你視線範圍內，學生也都能看到老師、銀幕、黑板和其他的展示。教室布置最常見到的難題是空間太小。因此，老師應儘量移去不需用的桌椅、傢俱和其他設備。假如這些東西是你存放不妥而造成教室擁擠或雜亂，或許你可以考慮用個大箱子將它們整齊的放一起。
2. 小組學習的布置。學生要進行分組活動時，你可以參考別人怎麼布置的。在分組活動時，老師應考慮將自己的椅子放在可以看到全班每個人的位置。
3. 老師的桌子和其他設備。老師的桌子宜擺在教室後面之角落，以便於和學生個別談話或個別指導。其他的傢俱要放在你使用方便的地方，但要考慮來往走動的情形，很少用的傢俱要放在角落或藏起來。
4. 參考別班老師的作法，可以給你靈感，知道如何去擺置教室內的桌椅、櫥櫃、清潔用具、垃圾桶、教學材料、學生的作業及教師私人用品等。

叁、何時布置教室

教師可於開學前，將老師的桌椅、學生的桌椅、櫥櫃、教學材料、教室常用的東西和教師的私人物品先行安置好。牆壁、天花板之布置也先有個布置的腹案，待開學初，可利用美勞課、團體活動，再和學生共同討論如何布置教室。布置之後，應根據教學上的需要，不斷地更換和充實。

肆、誰布置教室

低年級的教室布置，可能大多落在老師身上，到了中、高年級，學生有了二年以上的學習經驗，再加上美勞及設計能力的增進，可以在老師的引導下，共同規劃、共同製作，學生有參與感、有認同感、有成就感，將會更加珍惜。而且學生在規劃設計、製作的過程中也上了一課非常實際的美勞課。在老師的引導下，師生共同設計、規劃及布置是個非常可行的作法。

伍、教室布置的步驟

一、整體規劃訂定計畫

在學期開始，師生共同規劃，再細訂計畫，按計畫實施。

二、確定布置內容

按照計畫，選擇所要布置的內容。

三、分頭蒐集資料

依照所要布置的內容，師生共同蒐集資料，亦可請家長幫忙蒐集。

四、分工合作

將小朋友按專長分組，有的負責整理所蒐集的資料，有的負責繕寫，有的負責美工設計，有的負責板面清洗和分配，有的負責購置所需的材料。

五、開始張貼布置

待各部門都完成則正式張貼布置。

六、欣賞檢討

布置完成後，師生共同欣賞，並就優缺點提出來檢討，以供改進之參考。

七、更換布置

一段時間後，則將原來的布置更換下來，重新布置新的東西上去，而換下來的可以分門別類用袋子裝起來，以後布置時可再用。

陸、教室布置常見的缺失

一、未能師生共同規畫與布置，只由少數有才藝的同學負責。

二、教室布置只注意教室後面牆壁的布置，至於光線、空氣、溫度、灰塵和蜘蛛網的清除、窗簾的清洗、教室空間的規畫、學生私人物品存放的指導、清潔用具的存放、抹布的清潔及存放，則注意不多。

三、教室後面牆壁之布置，內容貧乏且不夠生動、活潑。

四、教室的安全性、舒適性及美化綠化應予加強。

五、教室布置很少更換，經常是一學期、一學年或二學年才更換一次。

六、座位的型態很少變換。由於教學方法和教學活動變化少，大多以教師為主的團體教學居多，所以座位的型態多數的時間是排排座。

第四節　班級氣氛的營造

壹、班級氣氛營造的策略

老師如能建立班規和例行活動程序，能維持良好的行為及處理不當的行為，教學活動流暢而緊湊的進行，學生能專注的投入教室的工作，那樣的班級已經很難得了。但如能營造良好的班級氣氛，建立良好的師生關係及同學間的關係，則對學生的人格發展、情意的學習，甚至於智育的學習大有幫助。

至於如何營造良好的班級氣氛，應該是有策略、有方法，謹提供下列幾點供參考：

一、老師要真誠的喜歡學生，尊重學生，對學生的活動有興趣。

二、對學生是公平的、一致的。

三、老師熱衷於學習且富教學熱忱。

四、教學準備充分。

五、老師具有清新的外貌及端莊的儀容。

六、老師具有幽默感、樂觀、成熟穩健、慈愛寬容、溫暖關懷等特質。

七、不要過分強調學生的缺點及不適當的行為，給學生成功的機會，並多鼓勵好的行為和好的表現。

八、師生之間、同學之間相處，應讓對方感覺他是被接納的，他是有能力的。

九、具有良好的溝通技巧，使學生免於恐懼和威脅。溝通時，注意下列要點：

㈠用描述性（descriptive）語言而不用判斷式（judgemental）的語言溝通。

㈡避免標記學生、諷刺學生或責備學生。

㈢老師說話之前，要先想好說什麼，以避免說些無意義的話。

㈣老師有話說才說，學生才會注意聽。

㈤學生注意聽，才說話。

㈥只對需要聽的人說話。有些話，只是班上某些人需要聽，這時老師就不必對全班說。

㈦要傾聽學生的心聲。要學生注意聽老師說話，老師也要注意聽學生說話。

㈧冷靜且理性的溝通，不要情緒化或權威式、命令式、指導式的溝通。

十、要將正面的期待傳遞給學生。老師可將下列訊息用各種適當的方式傳遞出去，以營造有益於學習的氣氛：

㈠告訴學生教學目標，並和學生討論，使學生很清楚老師的期望是什麼。

㈡堅持學生一定要把工作做完，而且要做得令人滿意。

㈢拒絕接受學生工作沒做好的任何理由。
㈣告訴學生，進行新的學習，做得不夠完美是老師可以接受的。
㈤向學生傳遞「他能做」（can do）的態度，學生會很興奮而且產生自信心。
㈥向學生傳遞「他有能力做好」（do well）的訊息。
㈦避免比較式的評鑑，否則低能力的學生會認為自己無法達到目標而喪失信心，鼓勵學生和自己比較。

十一、使用下列方法，增進班級向心力及增進良好的同學關係：

㈠請同學寫出如何使班上更快樂（happy classroom）的方法。
㈡請同學寫出對班上能貢獻什麼。
㈢請學生安排及布置舒適的教室。
㈣請同學投票表決班歌、班旗、班徽、班花、班級動物、班級顏色、班級卡通、班級運動、班鳥、班詩、班呼等，以提振班級士氣。
㈤編寫班級歷史（class history）。對於班上發生的有意義的事件，依時間先後次序逐項記載下來，成為本班的歷史。
㈥對於班上舉行的活動，拍照留念並附加文字說明，張貼在教室。待下個活動實施後，再換下來，貼在相簿，家長來校參觀時，可以翻閱，文字部分則留下來貼在「班史」冊上。
㈦每天早上及放學之前，師生共同討論或處理個人或團體遭遇的困難或問題，或分享彼此的喜怒哀樂及學習心得。
㈧安排特殊的日子，在這個日子裡大家穿同顏色的衣服，穿自己喜歡的卡通衣服、鞋子或帽子。
㈨老師或學生每個人攜帶自己小時候的照片，張貼在教室。

㈩可進行「訪問」、「猜是誰」等認識同學的活動，使同學彼此更加認識。

十二、使用下列方法，增進良好的師生關係：

㈠多講正面的話。

㈡設立班級信箱，請同學寫出「如何使本班更好」的建議，或寫出其他建議事項。

㈢參加學生的活動。

㈣送生日卡。

㈤寫信或寫短箋給學生。

㈥和學生個別晤談。

㈦和學生共進午餐。

師生關係、同學關係的品質改善，學生將視教室為一個快樂的學習場所。

貳、班級氣氛營造的缺失

一、對於營造良好的師生關係和同學關係，老師們未予重視。

二、營造良好的師生關係和同學關係，欠缺策略。

三、師生之間、同學之間的相處，缺乏相互的尊重、接納、支持、關懷、禮貌與鼓勵。

第五節　班規的建立

壹、班規的意義

班規是老師對學生教室行為的規定。沒有這些規定，教室秩序或教學活動將難以維持下去。如上課要專心，尊重別人及自己的權利，給每個人學習的機會，在教室或走廊要用走的，在教室要輕聲細語，帶齊學用品，準備好上課要用的東西等都是很重要的班規。

貳、班規建立的重要

一、學生在一個新班級或新環境中，都有種不確定感。班規的訂定，使學生知道老師的要求、期望或行為標準是什麼而有安定感（Cangelosi, 1988）。

二、兒童的本性是冒險的、自發的、不累的，容易產生行為問題。訂定班規，讓學生知道那些行為要避免，那些行為被允許或被接受的。所以班規的訂定是必要的（Canter, 1984）。

三、研究顯示：沒有一個教室管理好的班級沒有訂定班規。（Evertson et al., 1984）

四、沒有規定班規，不僅浪費大量時間於教室秩序的維持，而且會減低學生學習的興趣和專注力（Evertson et al., 1984;

Cangelosi, 1988）。

叁、誰來訂定班規

低年級可由老師自訂。中、高年級可以師生共同討論訂定，但老師最好先預備好若干個重要的班規。如果學生提不出來，老師可以提出供學生討論。或學生提出很多很瑣碎的班規，老師可以統整，併成若干條簡短有力的班規。

肆、訂定班規的時機

開學初二、三天，學生總是很安靜的等待和觀察老師對學生行為的要求及其管教尺度，所以開學第一天、第二天就要訂定班規，以後幾星期仍要重複提醒，並徹底要求和執行班規。

伍、班規建立的過程

班規的建立，不是說說（tell）而已，而是要像教導學科知識一樣，經歷一個教導程序，才能建立起來。其過程如下：

一、訂定班規

低年級可由老師自訂，中、高年級可由師生共同討論訂定之。

二、清楚的解釋每一條班規的真正內涵

老師要多舉各種正、反面的例子或行為，讓學生了解每一條班規所蘊含的行為要求。例如上課說話要先舉手，如果沒有詳細解釋，學生可能看到什麼，想到什麼就要舉手說話，例如看到外面下雨了，他也要舉手，老師叫他起來，他說：「老師外面下雨了。」突然看到前面的國父遺像沒有掛正，他也要舉手，告訴老師：「國父遺像掛歪了」，等等事情。如果老師詳細說明在下列幾種情況下，才可以舉手說話：①說話的內容和正在上課的課程有關；②老師或同學正在說話，不可以舉手，等老師或同學話說完了，才可以舉手；③突然身體不適，可以隨時舉手等。

又如「尊重別人及其所有物」，這個班規不很具體，概括性很大；老師更應詳細的舉例說明和解釋。例如：保持教室環境整齊和清潔，收拾好垃圾及雜物，歸還借來的東西，不要在書桌上寫字或刻字，未經允許，不可任意拿走或使用別人的東西，這些都是尊重別人及其所有物的表現。

三、說明理由

老師在講解班規後，要說明每一條班規訂定的理由。

四、張貼出來

班規訂定後，老師要把班規張貼在教室醒目的地方，以便提醒學生。一年級可用圖畫加注音表示。

五、示範

比較複雜的班規或低年級兒童，班規訂定後，老師要將正確的行為加以示範。

六、演練

比較複雜的班規或低年級兒童，老師示範後，還要學生重複演練幾次。

七、適時提醒

班規訂定後，學生不易全部記得或做到，老師一定要適時的提醒。這一個步驟很重要，尤其年幼的兒童，因其容易遺忘規則，老師更應常常適時的提醒。

八、密切監視與回饋

班規訂定後，老師要密切觀察學生的行為，這一步驟也很重要。如果老師不注意，則好的行為得不到老師的鼓勵；不當的行為，老師未能提醒、矯正或立刻制止，班規則無法建立。

九、前後一致徹底執行

經過提醒，學生還是不願意遵守班規，老師應依照事先訂定的懲罰辦法，給予懲罰。而表現好的，老師也應依照事先訂定的獎勵辦法獎勵。但正面獎勵的次數應多於負面的懲罰，大約是2比1。總之，班規訂定後，老師要確實要求，前後一致且徹底的執行，班規才能建立。

十、尋求家長的支持與配合

開學初，老師寫封信給家長，告訴家長您的班規及獎懲辦法，請家長支持與配合。

陸、有效的教師和無效的教師在班規建立上的異同

兩者都訂有班規，但有效的教師在開學初數星期，很少離開教室，且隨時監視學生的行為，不當的行為立刻制止，好的行為則給予獎勵。無效的老師很少在教室，也很少監視學生的行為，不當行為也沒有立刻制止。

柒、獎懲辦法的訂定

為有效的執行班規，老師可考慮訂定一系統化的個人和全班的獎懲辦法，以下提供一些可行的獎懲方式：

一、獎勵方式

㈠個人的獎勵

個人的獎勵方式有下列幾種：

- 口頭的獎勵，詞句要具體且有變化。例如要說：你的作業寫得很乾淨，而不說：你的作業寫得很好，前句話較具體。
- 用臉部表情及身體的接觸，如微笑、點頭、摸摸頭、拍拍

肩膀等社會性增強。

- 善行便條，當眾頒給學生，或放在他的桌上。
- 善行便條或打電話給他的父母。
- 免寫一次家庭作業。
- 合作社的優待卡。
- 給貼紙並貼在獎勵表上。
- 監督同學早自修、午休等。
- 排隊優先。
- 給予摸彩。
- 和老師共進午餐。
- 帶寵物回家。
- 停止上課，自由活動十分鐘。
- 拼滿英文字母，如candy、free time 、sing song 即給予該種獎勵。
- 幫老師跑辦公室，記錄出席、缺席，擦桌子、黑板，收作業、發講義等。

記得：每位學生每天至少獎勵一次，每天寫二張善行便條給家長。以上之獎勵方式，老師應排出一個獎勵階層，由最便宜的到最貴重的，然後依學生的表現，依序給予應得的獎勵。

㈡全班的獎勵

老師可以用瓶裡裝彈珠的方式，來記錄學生的行為並決定累積多少個彈珠，全班即可得到什麼獎勵。實施這個辦法，老師應做到下列幾點：

1. 每天每位學生至少要為全班得一個彈珠。
2. 行為有問題的學生，每天至少要得到三到五個彈珠。

3. 一至三年級學生，最好一天就能得到獎勵品，四至六年級學生，可以三到五天內，得到獎勵。

全班的獎勵方式有下列幾種：

- 同樂會（吃波卡或披薩、爆玉米花或冰淇淋）。
- 一個晚上免家庭作業。
- 戶外旅行或教學。
- 看電影或看卡通片。
- 吃點心或特別的午餐。
- 額外的運動。
- 烤肉。

二、懲罰方式

班規的建立，一定要有獎、有懲，所以也應訂一套懲罰辦法。懲罰的種類有下列幾種：

- 記號碼在黑板上。
- 不能下課。
- 寫信給父母。
- 下課單獨會談。
- 放學後或回家罰寫字，如「我要尊重別人」寫十次。
- 打電話給父母。
- 送到校長室。
- 庭院打掃或教室整理。
- 送到別班教室。
- 坐特別座。

以上之懲罰方式，老師應依懲罰的輕重排出一個階層，然後依學生違規輕重，給予應得的懲罰。實施懲罰，應記得下列事項：

㈠每次違規，都要給予應得的懲罰。

㈡懲罰盡可能在不當行為發生之後。

㈢懲罰時，老師態度要冷靜。

㈣一天結束後，老師應擦掉學生的不良行為，每天的開始每人都擁有全新的一天，乾淨的一天。

㈤假如同一種懲罰同一個人用了三次，表示這個懲罰可能無效。老師應考慮使用更嚴厲的懲罰。

㈥懲罰要一致，且要認真執行，即確實要求，確實執行，否則學生會認為老師只是說說而已，並沒有把它當一回事。即老師態度馬馬虎虎，執行不徹底，學生很快會違規，你自己將會感到挫敗和無能。

捌、班規訂定的要領

一、開學前仔細思考對學生教室行為的期待是什麼？或教室行為的標準是什麼？或學生沒有那些行為，教室秩序就難以維持？一一列出，然後從中選出最重要的三至五條，不要多於十條。

二、班規要簡短，最好是正面的行為敘述。但必要時也可以負面的行為訂定之。

三、班規最好是概括性大的，如尊重別人。但對年級低的兒童，最好是以具體的行為訂定之，如攜帶上學需用的學用品。如果班規訂得較廣泛，老師應詳細的解釋說明。

四、班規的訂定要考慮學生的特質和教室的物理環境。

五、班規和校規要一致。

六、所訂定的班規應具有下列四個功能之一：

㈠確保學習環境的安全和舒適。

㈡避免干擾別班上課或學校附近的居民。

㈢同學之間、師生之間及對客人應有合宜的禮儀。

㈣使學生專注學習，不適當的行為和違規的行為減到最少。

七、訂定沒有功能的班規，會產生下列三種不良結果：

㈠學生會類化為老師訂定的所有班規都不重要。

㈡老師執行不需要的班規，對學生是不公平的。

㈢學生違背不需要的班規而遭受處罰，將使學生對學校失望，並得花費時間，心力與校方討論違規事件。

玖、國小基本的班規

班規固然應因年級、班級而不同，但若干個班規似乎各班都需要。茲舉出下列班規供教師訂定班規參考：

- 上課說話要舉手。
- 攜帶上學需用的學用品。
- 待人有禮貌。
- 收拾好自己的東西。
- 在教室和走廊要用走的，不能跑跳追逐遊戲或大聲喧嘩。
- 不能打人、推人、撞人或傷害別人。
- 給每個人學習的機會。
- 遵守校規。

- 尊重別人及其所有物。
- 保持環境整齊、清潔。
- 今天的功課今天做完。
- 要注意安全。
- 要愛惜公物。
- 注意聽（Listen）。
- 工作要做好（Work well）。
- 知道何時可以說話（Know when to talk）。
- 知道何時用手和用腳（Know when to use your hands and feet）。
- 知道何事要向老師報告（Reporting）。（生病或受傷要向老師報告，其餘的事，在每天的班會活動時再提出。）
- 仁慈（Be kind）。
- 遵從老師的指示。
- 說話有禮貌。
- 上課要專注（Be on task）。
- 上課前，做好各種準備（Be prepared to class）。

拾、建立班規常見的缺失

一、開學初沒有建立班規。

二、沒有訂定有功能的班規。

三、班規訂得太多條，且大多為負面行為的敘述。

四、班規教導不明確，學生對班規不了解。

五、班規的訂定，僅以秩序、整潔、禮貌為範疇，至於學習上的規範，如上課前做好準備，盡力做好自己的工作，給每個人學習的機會、上課要專注等則很少訂定。

六、班規的訂定，一至六年級很雷同。年級愈高，應訂更高層次的規範，如尊重別人及其所有物，盡力做好自己的工作，友善、仁慈、禮貌的對待別人。

七、班規的建立，只是「說」（tell），沒有「教」（teach）。

八、班規訂定之後，沒有確實要求，徹底執行。

第六節　例行活動程序的建立

壹、例行活動程序的意義

國小學生每天從早上到校，到下午放學回家，有很多是每天都要進行的活動，如早上到校、早自修、整潔活動、升旗、上課、下課、午餐、午休、丟垃圾、上廁所、私人物品的存放、降旗、放學、收發作業、收發器材、收錢、一個場所換到另一場所、一個活動換到另一活動等。為有效的完成這些活動，老師一定要訂定有效的活動程序，並加以示範和演練，使這些活動成為自動化的反應。

貳、例行活動程序建立的重要

一、例行活動的程序沒有規定或做無效的規定，將會浪費大量的時間，而且減低學生學習的興趣和專注力。有了例行活動的活動程序，教學才能順暢的進行（Evertson et al., 1988）。

二、日本人認為有效的教室管理，最重要的是訓練例行活動程序，尤其是國小一年級（Taniuch, 1985）。而且 Taniuch（1985）進一步指出：例行活動程序的訓練是建立良好品德的有效方法，而且一年級建立的生活和學習習慣，會影響往後六年的國小生涯，甚至於整個教育生涯。

三、研究顯示：初任教師往往低估了例行活動程序的重要和數量，所以在開學前沒有做周全的計畫如何建立和建立那些例行活動程序（Eggen & Kauchak, 1992）。

四、無效的教室管理者，例行活動程序沒有規定或做無效的規定。Eggen 和 Kauchak（1992）認為班規和例行活動程序是有效教室管理的基石（cornerstone）。

叁、例行活動程序建立的時機

根據 Rounds et al.,（1981）的研究，一個國小學生要能適應國小生活，至少要熟練四十三項例行活動程序，柯華葳（民 77 年）的研究指出：國小一年級的學生要做到六十個例行活動程序。筆者的研究（民 82a）也得到同樣的結果，即國小一年級的學生要做到十八項例行活動的六十個程序。

由於例行活動不少，每個活動又有若干個規定，在開學初全部一一指導，學生將無法負荷，尤其一年級的學生，認知能力有限，更難以負荷。而且在不需要的時候，就給予指導，效果不見得好。所以例行活動程序的教導，應將開學第一、二天就要進行的，在開學初教導有：上廁所、喝水、私人物品（書包、書、水壺、衣服、帽子）的存放、上學、放學、丟垃圾等。其他的，如收發作業、器材、分組、午餐、午休等，可於需要時再教導。

肆、例行活動程序建立的過程

例行活動程序，如何使學生從無到有，而且成為自動化的反應，是需要教導的，其建立的過程如下：

清楚的規定→說明理由→張貼出來→示範、演練→適時提醒→密切監視與回饋。茲詳細說明於下：

一、清楚的規定

例行活動完成的程序，老師要清楚且有效的規定，例行活動的進行才能順利。例如丟垃圾的程序：①老師應說明垃圾如何分門別類裝在不同的桶子；②走近垃圾桶旁丟進桶子，不能丟在桶外；③壓一壓，塑膠袋要確實裝滿了，才可以換另一只塑膠袋。

二、說明理由

例如丟垃圾的程序，老師要說明為什麼這樣規定，讓學生了解這些規定的必要性。

三、張貼出來

重要的例行活動程序要張貼在教室醒目的地方，以便提醒學生。

四、示範、演練

對低年級兒童，或較複雜的例行活動程序，老師要先示範並讓學生演練幾次。對於一年級兒童，每一個例行活動，老師都應一步一步示範並重複演練若干次。較複雜的活動，如搬動桌椅實施分組活動，或座位轉換成馬蹄型，即使年長的兒童，也要示範並練習幾次。

五、適時提醒

例行活動程序，經過老師示範，同學演練後，並不保證學生一定能做好。所以適時的提醒很必要，尤其低年級兒童。

六、密切監視與回饋

例行活動程序規定後，老師要密切觀察學生的行為，好的表現給予鼓勵，不好的行為給予矯正。老師要確實要求，前後一致且徹底的執行，例行活動程序才能建立。

伍、國小常見的例行活動及其活動程序

根據筆者研究所得（民 82c），茲提供下列國小常見的例行活動及其活動程序於下，供國小老師訂定例行活動程序之參考。

一、教師桌椅的使用

㈠桌子放在指定地點。

㈡保持整潔。

㈢不亂放東西。

㈣椅子隨時靠好。

㈤未經老師允許，不可以拿走老師桌上或櫃子裡的東西。

㈥老師桌椅擺設位置以不妨礙學生看到黑板或投影片的視線，同時老師也能清楚的看到每一個學生。

二、學生桌椅的使用

㈠早上到校後，用抹布擦拭桌、椅，不要堆積灰塵或蜘蛛網，以確保衛生健康。

㈡保持桌面及椅子的完整，不亂刻畫。

㈢桌椅隨時保持乾淨、整齊。

㈣離開座位、椅子要輕輕地靠（上課除外）。

㈤未經允許，不得從別人桌椅拿走任何東西。

㈥抽屜內，書、文具、帽子、衣服應排放整齊，保持乾靜，不堆積垃圾和廢物。

㈦書包放在坐椅上或掛在書桌旁或放在櫃子。

㈧水壺掛在椅子上。

三、廁所的使用

㈠輕輕的敲門三下，再開門。

㈡輕輕開門，並上鎖。

㈢要蹲正確位置，以屁股不出糞池為原則。

㈣便後要沖水。

㈤衛生紙和其他廢物應丟棄在垃圾桶內。

㈥衣服整理好才出門。

㈦關好廁所的門。

㈧洗手，用手帕擦乾，水龍頭不要開太大。

四、圖書館的使用

㈠輕聲細語。

㈡不可在圖書館內追逐遊戲，大聲嚷叫。

㈢物歸原處。

㈣不得攜帶食物入內。

五、早上到校

㈠先到的同學要打開窗戶，教室太暗要開燈，太悶熱要開電扇。

㈡衣帽、桌椅、書本、書包要排放整齊。

㈢安靜的做早自修功課或看書，不可與別人大聲交談。

㈣不可任意離開坐位，或在教室走動。

㈤值日生做打掃、灑水工作及檢查垃圾桶。

六、上課

㈠上課需用之學用品準備好放在桌上。

㈡上課鈴響後，進教室趴著休息或安靜的等老師上課或預習功課。

㈢老師一到，班長喊口令，動作要確實、敏捷、有精神。

㈣上課發言要先舉手。

㈤上課中不可以隨意離開坐位，隨便走動，不可與別人做社交性交談，不可喝茶、吃東西、玩東西。

㈥自然垂放在大腿上，眼睛看老師或黑板，耳朵注意聽，用頭腦想。

七、下課

㈠起立敬禮，椅子輕輕靠攏，桌子對齊，慢慢依序走出教室。
㈡準備好下一節上課需用學用品，放在桌子，才可離開教室。
㈢上廁所、喝水。
㈣可到圖書室或在教室看書或看報。
㈤不可以在教室大聲嚷叫、追逐、奔跑，要用走的。
㈥要玩或遊戲可以到大空地去。

八、放學

㈠寫家庭聯絡簿。
㈡複習今天的學習內容。
㈢共同討論解決學生個人或全班的問題。
㈣指定的同學要自動關鎖窗戶、電燈、電扇。
㈤整理書包，椅子靠攏，蹲下來檢查抽屜和周圍地面有沒有垃圾。
㈥站起來排好桌子。
㈦敬禮（老師再見，小朋友再見，大家明天見）。
㈧到外面排路隊。

九、缺席返校

㈠學生家長沒有打電話請假者，教師要打電話問原因。
㈡缺席者隔天返校，應主動向老師報到。
㈢第二天到校對該生個別指導（利用下課時間），並補寫缺席當天重要的功課。

十、升旗

㈠升旗前將桌上的東西收拾好，椅子靠攏，桌子排整齊。

㈡服裝整齊、儀容端正、保持肅靜，排好隊伍，全班稍息，手背後面。

㈢準時集合。

㈣國歌大聲唱，升旗看國旗。

㈤注意聽報告。

㈥蹲下時手不能玩沙、拔草或畫地板。

十一、分組教學

㈠上課需用學用品，應帶齊。

㈡分組之前，老師應先說明各組的工作，如何分組。

㈢老師應事先準備好各組所需的學習材料。

㈣分組時動作要快、要安靜，不能干擾別人。

㈤說話要舉手。

㈥有問題時，不要跑到老師前面來，先請教同學或告訴組長，由組長報告老師或用協助信號（help sign）如一面紅色三角旗，老師就會前往協助。在老師未到之前，學習活動仍應繼續進行，如果該項活動無法進行，應先做別項活動，以免浪費時間。

㈦組長負責收、發各種材料。

十二、個別習作

㈠按進度習作，按時交。
㈡習作時保持安靜。
㈢習作時要認真。
㈣不能隨便走動。
㈤有疑問請舉手或用協助信號（help sign）如一面紅色三角旗，老師就會前往協助。老師未到之前，仍應繼續做，如果無法進行該項作業，先做別項，以免浪費時間。
㈥做完習作，等老師提供解答，再訂正。
㈦收齊或隨堂批改，錯誤之處要改正，並給老師再批改。
㈧有錯別字，經批改後，自動在空白處練五次，並交給老師再批改。
㈨作業簿要保持乾淨。

十三、考試、測驗

㈠考卷由前往後傳，不要用丟的。
㈡拿到考卷，先寫上班級、姓名。
㈢題目從頭到尾看一遍。
㈣會的先寫，不會的空著，等其他都寫完了，再回頭寫。
㈤時間要控制好。
㈥寫完要從頭一題一題仔細檢查二遍。
㈦有不清楚的，舉手發問。
㈧考卷不要亂畫。
㈨檢查後可趴在桌上休息。

(十)儘你最大的能力作答，不可和別人交談。
(十一)準時交卷。
(十二)收卷時由最後一位收完交給老師。
(十三)錯誤訂正，把錯誤的題目重做一遍。
(十四)考卷家長簽名。
(十五)分數登記在聯絡簿上。

十四、尋求老師協助

(一)若是上課中，可以舉手或用協助信號。
(二)身體不舒服，一定要跟老師報告。
(三)中午老師在用餐或休息時，除非有急事儘量不打擾老師。
(四)自己或同學能幫忙處理的事，不依賴老師。
(五)學生有事情，老師應放下手邊的工作，專注聆聽，設法解決。

十五、客人來訪

(一)在校內看到校長、主任或老師陪同的客人，要行禮問好。
(二)客人來找老師，同學要自動的看書溫習功課，等待老師，不可以交談或離開坐位。

十六、發作業或器材

(一)先要求全班安靜。
(二)依各排人數數好，由前往後傳。作業簿則按排發下去，由前往後傳，不可丟擲。
(三)拿到作業要訂正，再交給老師批改。
(四)發教科書或習作時，要核對是否拿到了，然後再檢查有無破損或缺頁（小瑕疵沒有關係），沒有問題的，立刻寫上姓名、班別及任課老師名字，以免遺失。

十七、收器材

㈠由幹部負責，若器材較多，由各組組長負責並分配工作。
㈡有損壞者報告老師。
㈢收拾整潔，弄髒了要擦洗乾淨。
㈣清點數量。
㈤利用下課時間送回器材室。
㈥交還負責人並註銷登記。
㈦分類整理，放回原處。

十八、收作業

㈠全班安靜。
㈡簿子打開。
㈢由各排排長收齊，交給老師或放在指定位置。
㈣未交者，排長或老師將號碼登記在黑板上，排長督促交齊，或由老師追蹤。

十九、收錢

㈠自備零錢。
㈡將足夠的錢數裝於信封袋內，外面寫上錢數。
㈢交給老師或總務股長（依學生能力而定）。

廿、午餐

㈠洗手。

㈡舖上餐巾。

㈢自備餐具（便當盒）。

㈣由輪值人員打菜。

㈤一排一排依序排隊盛飯菜，不可張口交談。

㈥吃飯時，不能大聲說話或嬉戲。

㈦細嚼慢嚥，將食物吃完。

㈧檢查飯盒，飯菜不能剩太多。

㈨飯粒、殘渣要倒在收集桶。

㈩餐具帶回家清洗。

⑾把桌面擦拭整潔。

⑿飯後刷牙、洗手、上廁所，準備午休，不可激烈運動。

廿一、午休

㈠午休前桌子整理乾淨，桌椅對齊。

㈡午休時間一切活動暫停，趴在桌上，眼睛閉起來。

廿二、值日生

㈠採輪流制，一天二位同學。

㈡早上到校，巡視整理教室內外環境。

㈢清潔用具放好。

㈣倒垃圾。

㈤每節下課整理黑板、講桌。

㈥中午處理垃圾，整理教室四周。
㈦放學關閉門窗。
㈧不定時巡視教室內外整潔。
㈨維持早自修和午休秩序。

廿三、整潔活動

㈠將自己的工作盡心盡力做好。
㈡協助需幫助的同學。
㈢室內、室外整潔區域，各由一位組長負責考核。組長於第二天生活與倫理時間報告昨天打掃情形。工作賣力的，全班給予鼓掌鼓勵，工作不力的站起來說對不起，並列入操行成績考核。

廿四、專科教室

㈠未經老師允許，不要任意取用專科教室的器材。
㈡使用器材後放回原處。
㈢將自己的桌椅整理乾淨。
㈣離開坐位要把桌子排整齊，椅子靠好。

廿五、丟垃圾

㈠丟垃圾要分類。
㈡垃圾要丟進桶內，不可丟到外頭。
㈢丟完垃圾用手壓扁，蓋子蓋好，洗手。
㈣垃圾帶要綁緊。
㈤可回收的垃圾袋裝滿後送到資源回收中心。
㈥由值日生處理廢棄物。

陸、例行活動程序建立的缺失

一、國小有那些重要的例行活動應予教導，老師沒有完整的思考。

二、每個例行活動，如何有效的完成，老師未加慎密計畫。

三、例行活動程序的建立，只是「說」（tell），沒有「教」（teach）。

四、新手老師或班級經營欠佳的老師，往往低估了例行活動程序的重要，所以例行活動程序沒有規定，或無效的規定，所以完成每天的例行活動，就要花費大量的時間。

五、例行活動程序規定之後，沒有確實要求，徹底執行。

第七節　教學管理

庫寧的研究發現：教室管理技巧與學生不良行為的發生及努力用功程度具高度的相關。教室管理技巧好，學生不良行為較少，學生較認真。庫寧的研究結果指出，良好的教室管理，應遵循下列若干原則（引自邱連煌，民86，P.45）：

一、掌握全局。

二、一心二用。

三、換課順利。

四、進度適當。

五、注意全體

六、避免饜足。

Jones 和 Jones（1995）也認為要減少干擾行為及增進學習效果，老師應做好下列的教學技巧：

一、教學要清楚。

二、開始上課情境有效的掌控。

三、維持學生的注意力。

四、進度適當。

五、有效的管理課堂習作。

六、有效的總結。

七、提供有用的回饋和評鑑。

八、轉換順暢。

Evertson 等人（1994）在其著作中論及教學管理部分，特別強調幾個重點：

一、學生工作和作業的管理。

二、教學流程的安排。

三、各種教學活動的管理。

四、教學清楚。

五、轉換順暢。

六、進度適當。

七、維持團體注意力。

八、掌握全局。

九、一心二用。

Froyen（1988）認為熱忱的、充分準備的老師，學生少有違規的行為，學生不會製造干擾事件。所以他認為老師要精通教材，變化教學方法，有系統的安排教學過程，提供學生有趣的觀念、材料和活動，有效的傳遞內容，注意學生的進步情形，適時的提供回饋。

國內的研究也發現：有效的教學乃是有效班級經營的必要條件。老師精熟教材，能掌握教學重點，教學進行緊湊、流暢，並隨時掌握學生學習進展情形，學生自然沒有時間分心，交談或做違規的行為（單文經，民82；張秀敏，民82）。

教室生活中，絕大多數的時間都在進行「教」與「學」的工作，教學管理是班級經營的重要工作毋庸置疑。因此，如何做好教學工作及筆者進行班級經營研究中，非常重視的一個課題。綜合有關文獻（Cangelosi, 1988; Evertson et al., 1994; Jones & Jones, 1995; Slavin, 1997；單文經，民82；民83；張秀敏，民82b；民86b），筆者認為要進行有效教學，必須好下列工作：

一、老師要具備豐富的學科知識和學科教學知識。

二、教學方法、教學活動、教學媒介多樣化。

三、教學資料要準備充分。

四、學生的活動要多，師生互動、同學互動頻繁。

五、教學活動有效的管理，且流暢而緊湊的進行。

六、老師要能掌握全局。

七、老師要能一心二用。

八、教學清楚。

九、開始上課情境有效控制。

十、維持全體的注意。

十一、避免上課饜足。

十二、進度適當。

十三、轉換順暢。

十四、有效的管理時間。

十五、有效的管理作業。

十六、有效的總結。

十七、提供有用的回饋和評量。

十八、開學初的教學原則。

以下分別詳細說明各項工作的具體作法。

壹、老師要具備豐富的學科知識和學科教學知識

教師精熟教材，教學重點掌握很好，教學內容豐富、有趣，且教材生活化、統整化和具連續性；教學方法、教學活動、教學媒介多樣化，教學活動進行流暢而緊湊，師生互動、同學互動頻繁，學生有高度的學習參與，學生被老師的教學吸引住了，不當行為的發生就會減少。

貳、教學模式、教學活動、教學媒介多樣化

教學活動有講述、討論、發問、習作、教學示範、教學指示、視聽教學、檢核作業等。有靜的活動、動的活動、無聲的活動與有聲的活動，老師應間雜實施，可使學生的思想、動作和感覺，獲得活潑怡悅的調劑。

教學媒介有看的、聽的、聞的、觸的，老師應運用多種媒介呈現教材，也讓學生用多種感覺管道進行學習。教學媒介多樣

化，學生學習興緻高，且印象深刻。

教學模式有直接教導模式、概念獲得模式、合作學習模式、價值澄清模式、精熟學習模式等很多種，各有其適用的教材，或適用的教學目標。老師應依教學目標或教材性質採用不同的教學模式。以下僅介紹二種模式供老師們參考，其他模式請參考教學原理或教材教法有關書籍。

一、數學科每一節課的教學活動順序（Froyen, 1988）

㈠複習舊教材。
㈡呈現新的材料。
㈢練習並立刻檢討訂正。
㈣呈現新的材料。
㈤練習並立刻檢討訂正。
㈥指派家庭作業。

其實其他學科，也可以依這個順序來進行每節課的教學。

二、Schmidt 和 Rodgers（1988）提出八個教學要素或教學步驟

根據研究顯示，有效的教學必須包括下列八個要素，學生易跟隨老師學習，學習較專注，而且有較高的學習成就。其步驟如下：

㈠複習舊教材或清楚的告訴學生具體的教學目標

舊教材時常是新教材學習的先備知能，所以複習舊教材很重要。

清楚的告訴學生這節課具體的教學目標，學生有目的感而容易專注學習，教學目標可以寫在黑板上。

㈡呈現新材料

教材組織合邏輯順序，且清楚的呈現，多舉具體的、熟悉的正反例子，做比較、對照，概念更清楚，必要時要用視聽輔助教材，以適應不同學習方式的學生。

呈現材料時，老師經營表現得很熱忱，易吸引學生的注意力和興趣。老師教學熱忱可以從聲音、姿勢、或適度的走動顯示出來。

呈現材料時，速度要適當。老師可以時常自問下列問題，我說得太快？太慢？我是否重複太多？來控制教學進度，進度是否適當，可從學生是否表現厭煩、不安或挫折等等表情去了解。

此外，有效控制進度的一個策略，是老師可以將一個長的活動分成若干段落進行。例如：閱讀、演講、看影片，中間老師可以穿插討論或紙筆活動，維持學生的新鮮感及避免疲勞。

㈢示範教學

技能的教學，應予以示範，示範者可以是老師、學生或影片。示範時，老師應加上口頭上的說明，包括該技能的要點，一般常犯的錯誤及評鑑該技能的標準。

㈣引導練習

在示範或呈現新材料之後，學生獨立練習之前，應給予每人練習的機會，以確定學生是否了解新的材料或技能。不正確的反應，應立刻直接的糾正。

㈤獨立練習

引導練習時，學生已經正確的學會80％以上，老師就可以讓學生獨立練習，使學生對該材料或技能更加精熟。獨立練習的方式，可以讓學生個別習作（seat work）或當家庭作業。

獨立練習的工作要和學生的需要有關，而且學生確實能獨立完成的工作，獨立練習後老師要很快的收作業、批改及發還。

高年級的學生可能沒有時間在學校獨立練習，所以獨立練習部分可當家庭作業。

獨立練習要建立一個固定的程序，其程序如下：

1. 清楚的規定作業，必須口頭說明並寫在展示板或黑板上。
2. 提供一些完成作業所需的材料，這些材料要容易取得的。
3. 說明完成作業的要求及得到協助的方法。
4. 說明作業的要求及如何和何時訂正及發還作業。

㈥監視（monitor）與回饋（feedback）

監視和回饋是有效教學的重要部分，複習舊教材、呈現新材料、引導練習和獨立練習時，老師應密切監視學生並給予回饋。獨立練習時，老師不要花太長時間指導一個學生（每個學生不要多於 30 秒），老師才能注意到全班每一位學生。如果多數學生不會，老師應重新教學；如果不允許立刻補救教學，老師應利用別的時段。

自我監視（self monitor）對學生是有用的，老師應指導學生自我監視的技巧，例如常問自己：這個我了解嗎？這個對我有何意義？或者將材料整理分類，背誦或摘要等，以測量自己學習的情形。

回饋，可以口頭的和書面的。應儘可能在學生反應後或完成作業後給予回饋。回饋應該具體、正確的描述，包括正確的和錯誤的。

㈦系統的評量

評量應包括每天的觀察及學生的作品、作業。搜集各種資料，以便向家長和專業人員報告學生的進步情形，及給學生提供很好的回饋。

評量時應包括下列要點：

- 選擇重要效能。
- 決定評量的基準：正確度（百分比）或精熟度（品質、速度）。
- 選擇評量工具。
- 設定評量的效標。
- 記錄評量資料。
- 分析資料作為教學決定的依據。

㈧複習

經常複習學過的材料和技能，重要的概念和技能才不會遺忘，而且有助於新材料的學習。老師可安排每星期各科第一次上課時，複習上週的學習內容；每個月的第一星期，各科第一次上課，複習上個月的教材。

教學模式有很多種，老師應依教學目標或教材性質採用不同的教學模式。國小老師對於各種教學方法不夠熟悉，因而難以隨著教學上的需要而靈活變化。今後師資養成教育和在職教育，應加強研究各種教學模式，並加以演練。

叁、教學資料要充分準備

通常老師只注意重要事物的準備而忽略較小事件。其實像鉛筆、剪刀在某些工作上很重要。錄音機、視聽器材故障或銜接不良，缺乏椅子、彩色筆等都會使學生分心或引起喧鬧，所以教學所需大大小小的材料，事先都要周詳的考慮並作充分的準備。

肆、學生的活動要多，師生互動、同學互動要頻繁

教學設計時，應考慮以學生的活動為主，多給學生活動，並增加師生互動和同學互動的機會，則學習興緻高，上課會較專注。

伍、教學活動要有效的管理

一、國小常見的教學活動及活動要點

國小常進行的教學活動有講述、討論、發問、習作、教學示範、教學指示、檢查作業等。每個活動要進行順利，老師要有效掌握各個活動進行的要點，流暢而緊湊的進行各個活動，且隨時注意全班每個學生是否積極的參與各項學習活動，則學生少有違規行為。

以下介紹幾種國小常見的教學活動及其活動要點：

(一)講述的要點

1. 指導學生聽講要注意事項，例如：如何記筆記，如何注意聽，學生參與度會更高。
2. 事先將講述內容或講述的問題提出，學生聽講會更主動。

3. 娛樂不是教學，但講述時能加一點幽默或設計一些引起注意的事，學生會更專注，但是不能讓學生分心或偏離課文。
4. 講述時眼睛要注意全體學生，並在黑板前來回走動，以避免學生不專心或做白日夢。
5. 講述時應適時的停頓，以便讓學生有時間思考、整理或消化內容。
6. 學生一聽到自己的名字，會很敏感，所以講述時，可以加入學生的名字。
7. 講述時，老師要不斷的監視學生的表情、姿態，以辨認學生是否了解、厭煩或挫折。在講述中途，最好停下來問學生問題，以作形成性評量，並決定以後的講述內容。
8. 學生有時候不專注，是由於老師用一些學生不懂的字、符號或公式。講述前，老師最好讓學生熟悉。

㈡教學指示的要點

1. 「指示」在教室用得非常頻繁，所以老師最好建立幾個常用的指示信號，使學生一看到或聽到指示信號，就知道要做什麼。如按個鈴，表示活動結束；雙手掌向上，表示起立；雙手掌向下，表示坐下……等。
2. 肢體是個很有力的溝通媒介，老師應多用肢體語言溝通一些訊息，以減少老師說話量。
3. 明確具體的指示學生要做什麼，如何得到協助，完成工作時間，完成後要做什麼。
4. 利用多種感覺管道指示，學生容易了解老師的指示。
5. 任何指示只說一遍，以養成學生注意聽的習慣。

6. 指示之前，要確定學生都注意聽了才說。否則等於鼓勵學生不注意聽的行為。
7. 如果指示很複雜，或者完成工作的時間很長，或者需要逐步思考，需要多次練習的活動，老師要將指示寫出來或用投影片投出。
8. 年級低的，能力低的兒童，一個時間只給一、二個指示，或者一小部分完成，再繼續另一小部分。
9. 教學指示，必要時老師要示範動作。
10. 教學指示後，請學生複述一些指示，就立刻進行活動。研究顯示，有效的教師，教學指示是一個步驟一個步驟，而且寫在黑板上。無效的教師，教學指示很模糊。

㈢討論要點

1. 討論的目的，討論的主題要很清楚，討論時才不會離題。
2. 討論時，座位要安排好，使學生彼此互相看得到，以利討論，不要只對老師說話。
3. 討論時，老師盡量少干預。
4. 要讓學生覺知到討論的結果是有意義的，學生才會認真討論。
5. 討論的方式，步驟或過程及時間事先要交代清楚，而且要確實掌握，以免一再延擱。
6. 討論時，心胸要開放（open mind），思考要有彈性，並分析和評鑑重要觀念。

㈣問問題的要點

問問題包括提問、候答和理答三個步驟，茲將其要點列出於下：

1.提問的技巧

(1)各類問題要兼顧，老師提出的問題要包括記憶的、推理的、創造性和批判性思考問題。

(2)運用有序：發問之順序，應由淺而深，由易而難，且問題之提出，應注意內容之連續性。

(3)注意語言品質：語音要清晰，速度不急不徐，用字遣詞要適當。

(4)多數參與：為使全體學生都能注意反應，老師必須先發問後指名回答。

2.候答的技巧

(1)每個學生都把答案寫下來。這有很多好處：①每個人都得參與；②每個人寫下答案，等於問題思考了，答案組織了，待會兒回答時會較順暢，不會有說不出來的窘境。

(2)候答時間不宜過短，至少要五秒或五、六個人舉手後，才指名回答。

(3)不重述問題，以養成學生注意聽講的習慣。

(4)指名普遍，自願的和非自願的都要顧及，否則發問將成為少數人的事情。

(5)不是舉手的人都要全部叫起來回答，通常大部分答案都說出來，即可停止，否則會影響進度。

3.理答的技巧

(1)注意傾聽：學生的回答，師生應注意傾聽，以表示關心及重視，並有鼓勵的作用。

(2)給予鼓勵：答案無論對錯，做答行為本身就值得鼓勵。至於提出正確答案內容者，應及時的讚美，以激發其學習動機。

⑶匡補探究：舉例而言，教師問：「為防止眼睛近視需注意那些衛生習慣？」學生答：「不躺著看書，注意燈光亮度。」教師續問：「還有其它意見嗎？」這是匡補技巧，必要時亦可由教師補充說明。當學生提出「不躺著看書」、「注意燈光亮度」……等意見後，老師追問「為什麼它與近視有關？」這是探究技巧。匡補探究技巧可以擴展學生知識的廣度和深度（張玉成，民73）。

⑷歸納答案：教師應對學生的答案作歸納或總結。

教師發問常見的缺失有下列幾點：

①只問回憶式的問題。

②只叫舉手的同學。

③學生的答案和老師的一樣才算正確。

④等候學生回答的時間太短。

⑤自問自答。

⑥前面所列發問的技巧—提問、候答、理答技巧不夠熟練。

㈤獨立工作（independent work）的要點

1. 清楚的說明工作性質和工作要求。
2. 不要幫助某一個學生太久，較複雜的工作，可細分為幾個簡單的工作。
3. 規定尋求老師協助的程序：例如呈現一面紅色三角旗，老師未到之前，先做別的部分，以免浪費時間。

㈥指派家庭作業的要點

1. 老師應教導學生如何分配寫作業時間及如何完成工作。

2. 簡單、不複雜的作業容易做，所以老師應將作業細分為幾個簡單的作業。
3. 需要長時間完成的作業，老師應定時間表檢查學生的進度。
4. 家庭作業是整體學習活動中統整的部分，很重要。所以不要把寫作業做為懲罰，不寫作業做為獎勵。
5. 讓學生知道完成作業和考試成績有關，所以家庭作業做完後應給予測驗，使學生了解寫作業的重要。
6. 在課堂上，應使不準時完成作業的學生感到學習上的不利（自然的懲罰），而使準時完成作業的學生，由於課堂上體會成功的經驗，而得到增強。
7. 老師應尋求家長的支持，監督孩子的家庭作業。
8. 家庭作業各科都要兼顧，不要局限於國語和數學。
9. 家庭作業方式多樣化，包括練習、搜集、調查、訪問、專題研究等，不要只是機械式抄寫和計算的作業。

㈦看錄影帶、電影或請人演講的要點

1. 看錄影帶、電影或請人演講，應為整個教學計畫的一部分，而不是一時的決定。
2. 應讓演講者知道你的期望以及他的期望是什麼，在演講之前應讓學生有所準備，以符合預先的期望。
3. 錄影帶、電影的內容事先要看過，以了解內容和品質。

㈧示範的要點

1. 很清楚、詳細的示範動作並加上口頭說明。
2. 一步一步有順序的示範，由易到難。
3. 多重複示範幾次。

4. 說明好動作的標準，學生可以默默的複誦動作的要領、順序或標準，並能自我監視（self-monitor）。

㈨全班習作（classwork）

老師呈現新材料後，為檢核學生是否了解，通常會給全班簡短的習作練習，並立即全班共同核對與訂正。

㈩個別習作（seatwork）

老師呈現新材料後，給予全班簡短的習作練習。然後為使學習更加堅固，必須給予個別習作練習，通常高年級沒有時間在課堂上個別習作，可以將它作為家庭作業。

⑪合作作業（student work in group）要點

合作作業通常是二、三人一組共同完成一件工作。其技巧如下：

1. 目標清楚。
2. 工作步驟學生都了解。
3. 小組合作作業時，老師要密切注意學生的作業進展情形，並提供必要的協助。

⑫小組教學（small group）的要點

1. 小組教學的作法是一組由老師指導，其他組別習作練習，可以說是二種活動同時進行。
2. 老師面對全班，說明個別練習的作業，所需的材料及時間，並寫在黑板上。問學生是否都了解了，才開始個別練習。
3. 進行第一組教學前，老師應先注意個別練習的同學是否已經開始了。確定已經開始，才進行小組教學，但還是要不斷的監視，有不當行為，立刻用眼神接觸或動作暗示或叫名字或提醒要做的事。

4. 告訴學生如何得到幫助，如要離開去幫助個別練習的學生，應給小組作業做，並有個人來帶領。
5. 第一組教完，不要立刻叫另一組，應先了解其作業進展情形，幫助他們解決問題，認真做的給予鼓勵，不認真的給予警告。
6. 第一組回去後，老師要注意是否確實開始做習作了，才叫第二組過來。

㈦檢核（check）

學生個別習作、全班習作、家庭作業或學生交換批改作業後，老師都應檢核。檢查作業，學生可以很快得到回饋，老師也可以和學生討論共同的錯誤，所以批改作業要小心。即使是學生交換批改，老師還是要收來檢查有沒有改錯。

以上這些活動，實際上可能混在一起進行，不是絕然分開的。如講述時，也許就出現討論、問問題、全班習作等活動。是要一個一個活動分開進行或混在一起，端視老師教學上的需要。其他教學活動的要點，請參考教學原理之書籍，每個活動的進步，老師應有效的掌握。

二、教學活動管理常見的缺失

教學活動不但要有效的管理，且要多樣化，則學生上課會較專注。筆者的研究（張秀敏，民 84b；民 86b）發現國小老師在教學活動管理上有以下之缺失：

㈠教學活動類型少，變化不大，學生上課易感厭煩。國小老師經常進行的教學活動是講述、發問及習作練習，大多以團體且單向的教學為主。至於小組活動、看錄影帶、看電影或請人演講、討論、合作學習、角色扮演等活動則很少進行。由於活動類型少，活動變化不大，所以學生上課易感厭煩。

㈡學生的活動太少，大多以老師為中心的團體且單向的教學型態為主，顯得不夠生動活潑，且由於學生的活動少，學習參與度低，學習意願低落。

㈢師生互動、同學互動很少，由於師生互動少，尤其同學間的互動更少，學生的學習參與少而被動，所以學習的進行，顯得沉悶。

㈣各種教學活動進行的要點，老師可能不清楚，或掌握不好，所以教學活動的進行不是很有效率，尤其新手教師，教學活動不是進行得很順利。

陸、教師要能掌握全局（withitness）

上課中，教師時時要能掌握全班每個角落的每個學生，尤其要特別注意較有問題的學生或角落，則學生的不當行為將要出現，或剛剛發生，老師就可以立刻發現並制止，不當行為就不會發生或擴散。有經驗的老師大多具有這個本事，新手教師則多數做不到。有位學生告訴我，教學進入第三年，學生才「有看有到」。由於新手師時常「有看沒有到」，所以學生上課有沒有課本、上課有沒有專心、有沒有聽懂，老師未能即時察覺。甚至於學生整個上午都在玩，老師也沒有發覺。在師資培育過程中，應強調這種能力的重要並加強訓練。

柒、教師要能一心二用（overlapping）

教室中時常會有幾件事同時發生，教師應同時兼顧。例如：習作練習時，老師在指導某個學生的同時，也要注意其他同學有沒有認真做。發問時，老師一方面要注意聽學生的回答，一方面要看看其他學生有沒有注意聽，同時還要想接下來問什麼問題？請誰回答？朗讀課文時，老師耳朵要注意聽學生唸得對不對，還要注意每個學生是不是都認真的讀。團體教學時，老師一面說明講解，一面要注意看每個學生是不是都專心的聽講，或學生是不是聽得懂，所以一心二用是教學管理很基本的能力，師資培育過程，應強調「一心二用」的必要性，及強調老師應具有這種本事。

捌、教學要清楚

「清楚」與否，是教室所有活動成敗的關鍵，Emmer et al.,（1994）從目標的溝通，材料的呈現，了解，檢核學生了解情形，及提供的練習和回饋等五方面比較老師的教學是否清楚。列表比較於下：

不清楚的教學行為	清楚的教學行為
1.溝通課堂目標	
•沒有說明課堂目標或沒有告訴學生期望其學習的內容。	•單元開始即說明目標。 •告知學生為其求知或學習負起

•沒有告知學生學習的重點、主要觀念、或概念。	責任。 •強調所呈現的主要觀念。 •單元結束時複習主要重點或目標。
2.有系統的呈現訊息	
•呈現訊息紊亂，重點省略不提。 •插入無關的訊息、評論或瑣事於單元之中。 •沒有告知即從一個主題移到另一個主題。 •一時呈現大量複雜訊息或所作的指示太快。 •沒有留下足夠的時間給每個活動。	•有次序呈現單元大綱。 •把握住主題。 •摘要前述要點，清楚地描述觀念或主題間的主要轉變。 •逐步指示，在進行另一項目之前先考察學生了解情形。 •教學進度掌握很好，每個活動都有足夠時間。
3.避免模糊不清	
•呈現觀念沒有具體的例子。 •利用太複雜的字彙。 •過度利用否定片語（如：並非所有的觀點，並不是許多人，不是很快樂）。 •使用含糊的或不確定的用語，也許、或許、偶爾、不常……。	•提供不同且適當的例子。 •使用學生所能了解的字彙，界定新字彙的意義。 •明確的和直接的用語（如：三分之一人，憤怒的）。

4.檢查學生了解情形	
•認為每位學生都了解或只簡單問「每位都了解嗎？」或「有任何問題嗎？」卻沒有予以驗證是否了解。 •由於時間限制或沒有學生發問就進行下一個主題。 •不詢問學習緩慢學生，只靠少數學生的回饋。	•發問問題，俾確定學生是否已準備繼續進行下個主題。 •要求學生摘記要點，以驗證學生是否了解。 •重新講授不清楚部分。 •有系統地核對每位學生了解情形。
5.提供練習和回饋	
•沒有指定家庭作業。 •所指定的作業只包括學習的一部分。 •對於指定學生的工作未能予以回饋、或討論。	•確定每位學生有足夠的練習，使每位學生都能精熟重要的目標。 •檢討作業使學生得到增強。 •有規律的檢查作業，重新說明重要的觀念，必要時再教一次。

Jones 和 Jones（1995）也認為教學清楚很重要，學生不當行為的發生，時常在於學生不知道怎麼做？或接下來要做什麼？（老師交待不夠清楚，或沒有交代），例如需要協助時怎麼辦？工作完成後做什麼？Jones 和 Jones 認為清楚的教學，應注意下列要點：

一、明確的指示。要做什麼？為什麼要做？如何得到協助？完成後做什麼？完成工作或活動的時間多久？都要清楚的交代。

這些指示不明確，學生還是會要求老師提供必要的訊息，因而影響教學進度，或學生可能會顯得厭煩、焦慮。

二、清楚的說明工作品質的要求，以減少學生的焦慮，增進學習績效。

三、教學多變化。教學要清楚，但方法上力求多變化，如變化聲音、變化呈現材料的媒介等，使學生更專注的聆聽。

四、任何指示只說一遍，以培養學生聆聽的習慣。

五、教學指示後，要學生複述一些指示，以確定學生是否了解，才開始進行活動。例如問學生：說出你將要做的一件事，說出完成活動後要做什麼？我要你做什麼？

六、營造安全、支持的氣氛，接受學生提出的疑問。如果學生對教學指示不清楚而提出疑問，老師應予接受，而不要責備。如果老師確定自己已經講得很清楚，有幾個學生仍有問題，可以私下和他們討論，如何幫助他們，例如：請他們記下指示，或找一個同學幫忙澄清指示。

七、如果教學指示很複雜，或者作業的時間很長，或者活動要重複進行，要將指示畫出來或寫出來。

八、需要逐步思考或需要很多練習的活動，學生要將指示寫下來或老師寫在黑板、投影片上，以免遺忘。

九、跟隨指示有困難的學生或年幼的小孩，一個時間只給一個或二個指示，或一小部分完成後，再給予下一個活動的指示。

十、給予指示後，就立刻進行活動，以免遺忘。

十一、有些指示，除了口語上的說明，還要加上動作的示範，使學生更了解。

十二、戶外教學之前，要給學生工作單，讓學生很清楚要做什麼。

筆者的研究（張秀敏，民 86b）也發現有經驗的老師，教學指示或講解較清楚，新手老師可能缺乏教學經驗，時常說得不夠清楚，學生時常一臉茫然或錯愕的表情。Evertson 和 Jones 等提出來的幾個要點，值得老師們參考。

玖、開始上課情境有效的控制

上課鈴響後，學生越快靜下心來投入學習工作越好。Jones 和 Jones（1995）及 Fontana（1995）也特別注意這一點，並提供一些具體的策略。筆者在進行研究時，也特別注意國小老師的處理方式。茲歸納提出下列具體的作法：

一、開學初，要教導學生下課出去玩之前，先準備好下節課上課所需的學習材料，並放在桌上或容易拿到的地方，椅子靠攏才出去玩。上課鈴響進教室，就不必忙著準備學習材料。很多老師都是上課後，才叫學生拿出××課本，××習作，因而耽誤時間。

二、開學初要確實要求學生聽到上課鈴響，立刻進教室，趴在桌上休息或預習功課或閉上眼睛靜坐，讓學生很快靜下心來。

三、老師站到講桌前，班長喊起立、敬禮、坐下，以表示上課開始的線索。很多年輕的老師，都沒有教導上課、下課的線索（如沒有起立、敬禮、坐下的動作），所以每次上課，老師都要喊上課了；下課時，學生都會問：老師可不可以下課！像上、下課這種例行的活動，應教導一些固定的線索，如班長喊起立、敬禮，不必每次都要老師講或學生問才上課或下課。

四、移去分散學生注意力的刺激，才開始上課。桌上放不必要的東西，或外面吵雜聲太大，都容易分散學生的注意力。所以桌上不必要的東西應移去，外面聲音太吵，可考慮關窗戶或換教室上課。

五、學生安靜了、注意了，才開始上課，這一點老師要堅持，否則會產生下列幾個不良的後果：

㈠老師花在責備學生或復述的時間比等待的時間更長。

㈡學生說話或不專心就開始上課，顯示你無法控制這個班。

㈢學生和老師會被不當的說話分散注意力，因而影響教學效果。

六、老師可以用幾分鐘的時間發問、做題目、說明教材和生活的關係或呈現視聽輔助材料等策略，很快的抓住學生的注意力而使學生投入學習工作，通常操作性的活動比教師的說話更易使學生進入學習狀況。

拾、維持注意力

老師普遍感到困擾的問題是學生的注意力無法持久。因此，如何維持學生的注意力，是老師們迫切需要知道的。Jones 和 Jones（1995）提出下列方法：

一、妥善安排座位。不論是團體教學或分組學習，不能有任何一個人背對說話者。

二、老師應讓每個學生有機會坐在活動區（action zone）。研究顯示：坐在後面的同學，討論的貢獻較少，學習較不專注，學習成就也較低。坐在活動區的同學，師生眼神接觸會較多，師生互動次數較多，學習成就較高，尤其低能力的學生，坐在前面，學習成就明顯的進步，所以老師安排座位時，應盡量讓每個人有機會坐在活動區，老師也可以藉著在教室前面來回的走動，使學生專注及積極的參與學習活動。

三、隨機指名回答或用遊戲的方式（如傳球），叫學生回答問題，使學生時時保持警覺狀態。

四、先發問再指名回答，學生會較專注。

五、等五秒後再叫學生回答。一般的老師只等一秒鐘就叫學生回答，事實上是不夠的。因為學生聽到問題後，首先要理解老師的問題；其次要從其認知結構中尋找答案；第三要組織答案，並記下要點；最後才舉手回答問題。這個回答的歷程，大部分的學生都需要比一秒更長的時間。研究顯示：教師等待的時間多於五秒，對於任何年級、任何程度的學生都有好處，如學生正確的反應較多，學生回答的內容較充實，學生的信心增加，低成就的學生有更多的表現，各種不同的答案增加。所以要維持學生的注意力，增加回答問題的意願和能力，老師必須提供學生適當的回答時間。

六、不要複述學生的答案，以養成學生聽話的習慣和態度。

七、請學生對同學的答案提出修訂或補充，以養成學生注意聽同學發言的習慣。

八、老師要顯得熱忱、有生氣。學生都喜歡熱忱、有朝氣、有活力的老師，老師的熱忱可從其聲音、姿態及在教室適度的走動顯現出來。

九、老師要對學生的努力給予社會性的增強，增強要真實、具體與真誠，次數要多且要有變化。

十、教學媒介及教學活動多樣化，學生容易專注。

十一、有效的使用「沈默」。一般老師對「沈默」感到不舒服，或以為「沈默」會產生不適當行為。事實上沈默有很多好處：沈默讓學生存疑或期待，給學生時間思考或澄清資料，也可用來強調重點，或讓學生回味、欣賞、或引起學生注意。所以適當的使用「沈默」技術，可增進學生的專注力。

十二、提供的工作難易適當。

十三、發問的問題最好和生活有關。

十四、各種學習型態或學習活動交互進行。

拾壹、避免上課饜足

同樣的功課，無論多麼有趣，做多了，做久了，都會有厭倦之感。可是許多的學習，要學得好、記得牢，必須一再重複，所以饜足感似乎無可避免。庫寧發現好老師會應用各種教學技術，重新點燃學習的興趣。庫寧提出下列三種技術，以避免上課饜足（引自邱連煌，民 86，p.259-262）。

一、多變化

教學避免機械化、單調化，如上課科目交替出現，教材教具（報紙、雜誌、圖表、幻燈片、錄影帶、電影等）、教學活動（團體教學、分組討論、個別習作）、座位型式等力求多變化，但不能亂。

二、進步之感

在一個主題上滯留太久，老師的話說得太多，進度太慢，都會讓學生感到挫折、厭煩、沒有進步。老師要使活動流暢而緊湊的進行，一個接一個前進，學生才會感到自己在進步中。尤其在學習艱深事物的初期，學生本人並不十分清楚自己有沒有進步。因此，老師要用明確的語言，告訴學生他們學習的進步情形。

三、挑戰性

教學活動、內容要富有挑戰性，學生才會全力以赴，以獲得成功。對於那些接受挑戰而沒有成功的學生，容易沮喪，老師最好透過一些技術，增進其自信心，培養其能力。

拾貳、進度適當

教學沒有什麼進展，一直停滯在某一點，會令學生厭煩。每節課的教學都有所進展，學生有新的學習，學習才有興趣。但是教得太快，學生未能充分領悟、了解，會令學生感到沮喪、挫敗。所以教學進度的掌握很重要。

一、了解教學進度是否合適的策略

任何一個班級裡，學生的程度都是參差不齊的，所以程度低的學生認為是合適的進度，中、上程度的學生，可能就嫌太慢。教學進度通常是以 75% 的人合適為基準。Jones 和 Jones（1995）認為老師可用下列方法，了解教學進度是否合適：

㈠設計問卷問學生。例如：我說得夠慢嗎？我注意到學生是否了解嗎？學生是否有足夠時間完成工作？

㈡錄影。錄影自己的教學實況，然後一面看影帶，一面問自己：

我說太快嗎？我是否生氣？我重複太多嗎？我是否喜歡呈現材料的方式？我是不是講太多不相干的話或無意義的廢話？

㈢請學生用幾個信號提醒老師講太快或太慢，通常學生會樂於提供回饋給老師。

㈣注意學生的非語言線索，如臉部表情是否顯得厭煩、疑惑，或學生顯得紛擾，坐立不安，以了解進度是否合適。

二、阻礙教學進度的因素

庫寧的研究發現阻礙教學進度的因素主要有以下兩大項，老師應予避免（引自邱連煌，民 86，P.254-257）：

㈠小題大作（overdwelling）當老師把一件芝麻小事當作聯邦案件來處理時，便犯了這個錯誤，可細分為四種情形：

1. 婆婆媽媽（behavior overdwelling）老師對學生的行為過分吹毛求疵，一件小過錯，即呶呶不休，聽得學生厭煩。
2. 只顧小節（acton overdwelling）在教學活動中過分注意細節，反把主要教學目的忽略了。
3. 本末倒置（prop overdwelling）過分強調活動工具如鉛筆、紙張，反把活動本身忽略了。
4. 多此一舉（task overdwelling）老師過分強調、解釋或指示，無形中對學生形成疲勞轟炸。

㈡支離破碎（fragmentation）老師把一個整體一一分解，搞得支離破碎，費時又費力，主要有兩種情形：

1. 團體肢解（group fragmentation）本來可以團體一齊行動的，老師硬是把他們拆開，一個一個的慢慢來。
2. 一板一眼（prop or acton fragmentation）本來學生的某

種行為可以一氣呵成，沒有分段進行的必要，老師卻把它撕成四分五裂，一板一眼，段落分明。

三、進度管理的策略

教學進度的掌握，除了要避免小題大作和支離破碎外，Schmidt 等人（1988）提出下列幾個掌握教學進度的具體策略：

- 做好教學計畫，事前充分準備教學材料。
- 建立好班規和例行活動常規。
- 講解要清楚。
- 不要講太多不相干的話，或無聊的廢話。
- 習作份量適當，寧可分成幾次，而不要整節課都在寫習作。
- 習作時間要控制。習作時，教師要行間巡視，注意作業進展情形，以便有效掌握時間。
- 活動轉換時間要短。

四、進度管理常見的缺失

筆者的研究（張秀敏，民 86b）發現國小有經驗的老師，因其講解較清楚，較能掌握教學要點及學生不易了解之處，常規也較好，各種學習活動的掌握較佳，學生上課較專注，所以教學進度的掌握較好。

新手教師教學進度的掌握較不理想，阻礙其教學進度的因素是：

㈠教材不熟，未能掌握教學重點。

㈡教學歷程不熟悉，所以教學進行難以順暢。

㈢班規和例行活動程序沒有建立。
㈣講解不清楚，未能掌握要點。
㈤講太多無意義的話。
㈥習作管理不佳。
㈦沒有注意轉換的管理，轉換不佳。

拾叁、轉換順暢

一節課當中，通常包括數個活動，一天的課程通常要上四、五個科目。從一個活動換成另一個活動，由一個學科轉成另一個學科，由一個場所轉換到另一個場所，都叫做轉換（transition）。通常轉換太慢，都是由於老師缺乏充分的準備下個活動，而使學生分心；或轉換時老師沒交代清楚，或轉換時間太短，都易引起一場喧鬧。轉換時，老師要盯著每個學生，並指出表現好的學生。例如：我看到第一排已經準備好了。

一、轉換管理的策略

如何有效的轉換，Schmidt et al.,（1988）提出幾個策略：

- 每天的活動排好，貼在教室醒目的地方，並和學生討論，使每個人都了解一天的活動內容及順序。
- 下節課或下個活動的材料一定要準備好放在就近容易取得的地方。學生也要把他們的材料準備好，放在容易取得的地方。
- 內容摘要，教學指示和作業事先寫好，以便適時張貼出來。

- 下一個活動交代很清楚後，才可以讓學生轉換。
- 轉換時，老師要在教室走動，並注意看，尤其要注意那些完成工作有困難的學生，他們需要你的鼓勵和支持。
- 提供轉換的步驟，並在轉換時提醒學生。例如：如何得到幫助？工作完成後要做什麼？
- 教導轉換的程序。
- 用分組或分排競賽，使轉換又快又有秩序。
- 學生很快完成轉換活動時，提供遊戲或其他團體活動，以鼓勵學生。

二、轉換管理常見的缺失

Kounin 認為轉換過程平順，則學生違規行為會減少；反之，則違規行為會增加。Kounin 觀察分析拍攝的八十個國小幾百小時的錄影帶，發現造成換課不順的行為，有下列五種，老師應予避免（邱連煌，民 64a）。

㈠心不由己（stimulus-boundedness）老師隨時被發生在周遭的大小事件吸引而去，而把正在進行的活動暫時擱置一邊。

㈡中途打岔（thrusts）老師上課途中突然出其不意的提出不相關的問題，或宣布無關緊要的消息，硬把正在進行的活動攔腰打斷，令人驚愕不已。

㈢一波三折（dangles）老師對於某項活動已經起了頭，卻臨時動念，又去做別的事情，把原有活動硬生生的吊在半空中，待做完臨時想到的事情後，才又回到原有活動。

㈣有頭無尾（truncation）和一波三折的錯誤大致相同，惟一不同的是，老師從未回到半途而廢的活動上。

㈤顛三倒四（flip-flops）一個活動已宣告結束，且已經開始另一項活動，老師卻突然一個斛斗回到原來的活動，使學生手忙腳亂，張惶失措。

Emmer et al.,（1984）提出若干轉換時，常遭遇到的困難，及其解決之策略，頗具參考價值，將其表列於下：

轉換的困擾問題	解決建議
• 一天的開始，學生大聲說話，干擾老師點名及延擱活動的開始。	• 每天早上到校到做什麼，應明確交代規定。 • 每節課上課的程序要規定，如聽到上課鐘聲，立刻進教室趴在桌上或安靜的等老師或預習，不可以說話。
• 轉換活動時大聲說話，尤其個別習作時，許多學生幾分鐘後才開始。	• 確定學生已經知道要做什麼，最好寫在黑板上，讓學生都能清楚的看到。 • 前面幾題要全班一起做，這樣學生就可以成功而且同時開始。 • 在轉換時，要注意學生做什麼，必要時要催促。
• 從一個活動到另一個活動，許多學生沒有換而且繼續進行前一個活動，因而延擱下一個活動或引起混亂。	• 活動結束前幾分鐘，要提醒學生注意。時間一到，就要收拾好東西，並拿出下個活動所要的材料，注意學生是否準備好了。學生準備好，才可以開始。

• 轉換活動時，老師給予指示，許多學生沒有注意聽，繼續工作或收拾東西或拿出新材料。	• 轉換之前，先給予全班明確的指示，老師要確定每個人都準備好，注意聽，才開始說明下一個活動。
• 總是有幾個學生在轉換時動作慢，耽誤別人。	• 不要因一、二個人而影響其他人，應繼續進行下個活動。但是在下次轉換時，要注意這些人為什麼有困難，給予個別回饋及密切監視。
• 轉換時，學生喜歡離開坐位去聊天，或到老師那兒問問題或丟垃圾或在教室漫遊。	• 很清楚的規定適當的行為，並說明在這段時間限制行為的理由，注意學生並確實建立轉換的程序。
• 老師常常和個別學生聊天，或收發本子，或找材料或點名而耽擱開始的時間。	• 事前準備好材料。 • 轉換活動一開始，避免做任何事，才能注意看學生及指導學生。

筆者的研究（張秀敏，民86b）發現國小老師轉換的管理有以下幾個缺失：

㈠開學初沒有教導轉換的程序，如座位型態改變的轉換，從一科換到另一科，從一個活動換到另一個活動，從一個場所換到另一個場所之轉換，開學初沒有教導。

㈡轉換時沒有交代清楚，低年級或能力低的學生，沒有一個步驟一個步驟進行轉換，所以轉換時間長又混亂。

㈢轉換時沒有注意看學生轉換進行的情形，老師只是不停的下指令，結果學生沒跟上而造成失序狀態。
㈣下個活動或下節課，學生之學習材料或老師之教學材料沒有準備好或沒有放在容易拿到的地方，所以轉換要拖一些時間。
㈤教室沒有妥善規劃，學生走動及工作不易，因而影響轉換的流暢性。

拾肆、有效的管理時間

根據 Karweit 和 Slavin 的研究（引自 Slavin, 1997, P.389）發現真正用在教學活動的時間只佔全部時間的 60%，其餘 40% 的時間花在實施標準化測驗、參加學校的活動、老師缺課、戶外旅行、分發學習材料、延遲上課、學生削鉛筆、做白日夢及提前完成作業。Weinstein 和 Mignano 的研究（引自 Slavin, 1997, P.389）甚至發現真正用在教學的時間只佔全部時間的三分之一。

一、時間管理的策略

教學時間的多寡和學生的學習成就必然有關。因此有效的管理時間是很重要的課題。以下列出若干時間管理的具體策略：
㈠建立規律的教學活動順序。
㈡建立班規和例行活動程序。
㈢講解清楚，教學指示明確。
㈣活動轉換時間要短。
㈤習作時間要控制。
㈥準備若干備用活動，以備不時之需。

(七)教室空間妥善安排，使學生走動及進行工作容易。
(八)充分準備教材教具，以免延遲上課或提前結束。
(九)處理違規行為的時間盡量減到最少。
(十)不需要老師督導的獨立作業，儘量不要在課堂上做。
(十一)上午第一、第二節課學生精神極佳，盡量進行重要的學習內容，不要寫習作。
(十二)上午 10：30 以後學生精神逐漸渙散，所以老師應精心設計教學活動或多一點操作性的活動，以維持學生注意力。
(十三)一定要準時下課，讓師生有休息時間，並為下節課做準備。
(十四)下課前 3-5 分鐘，做結束活動，如總結學習內容、交代作業、介紹下次上課之內容及應攜帶之材料和清理教室。尤其美勞課、書法課、自然課，老師要給予較長的時間清理教室。

二、時間管理常見的缺失

筆者的研究（張秀敏，民 86b；P.129-130）發現國小老師時間管理上有以下若干缺失，應予避免：
(一)一節課當中，前二十分鐘活動的進行較鬆散，經常最後五、六分鐘，甚至下課，才急著趕課。
(二)沒有準時下課。多數老師未能準時下課，不但影響師生的休息，更影響下節課的進行，且下課了還上課，事實上是沒有什麼教學效果可言。
(三)沒有結束活動。多數老師在一節課末了，未有充分的時間歸納整理重點，交代作業，或預告下次上課內容及應準備之學習材料和清理教室。
(四)沒有建立好班規和例行活動程序。

㈤習作管理及轉換管理不當。
㈥教材教具準備不充分。
㈦上課中未能引起團體的注意。

拾伍、有效的管理作業

學生作業是指課堂上的習作及回家的家庭作業。這二者都是教學過程中不可缺少的活動，其目的一方面在檢核學生了解的情形，並提供回饋及必要的校正，另一方面在使學生熟練獲得的概念或技能。有效教學者一定在這二項工作上管理得很好。茲提供下列要點，供老師管理學生作業上參考。

一、學期初，應清楚的告訴學生各科作業的規定，如寫在那個本子上？或寫在那種紙張？標題是什麼？如何寫？題號如何標示？紙張背面可不可以寫？可不可以塗顏色？用鉛筆或鋼筆寫？錯誤的用橡皮擦掉或畫線？作業的格式？字跡？簿本如何保持乾淨？等應清楚的交代，學生才知道老師所要求的標準。而且詳細規定說明後，老師就不必每一次都說明。

二、作業的內容及其重要規定事項應寫在黑板上，並讓學生抄在家庭聯絡簿。可能的話，用投影機或在黑板上呈現作業的樣本。低年級前十週，最好影印資料（學生不會抄寫）。作業清楚的說明之後，要詢問學生是否了解，並請學生舉例說明。

三、交作業的日期應清楚的交代，並確實要求學生準時交作業，否則會養成學生拖延的壞習慣。

四、習作要有意義、有價值。

五、習作前，寧可花時間清楚的告訴學生做什麼、怎麼做。

六、教導學生習作有困難時，尋求協助的程序。

七、呈現展示牌，告訴學生做完後要做什麼。

八、習作完成前三分鐘，要提醒學生。

九、習作不要太久，寧可分成幾次進行。

十、課堂上只要給學生作業，就要監視作業進展情形，不要立刻回到老師的坐位。個別指導某個學生的時間不要超過30秒。監視學生的作業，不但可以發現學生的困難，了解作業進展情形，而且可以鼓勵認真習作的學生。

課堂上監視學生作業的策略有二種：

㈠全班性的作業，老師應確定學生已將簿子、材料準備好之後，全班一起做第一題，接著做第二題，第三題，如此，可以使所有學生同時開始。

㈡老師指派作業後，應進行行間巡視，一方面可以了解作業進展的情形，另一方面可以校正學生的錯誤。

十一、檢查完成的作業

作業完成後，一定要檢查，才能了解學生學習的情形，並給予回饋及做錯誤的訂正。檢查作業應注意下列事項：

㈠首先要教導學生交作業及發作業的程序，並將已交或未交作業的學生名字記下。

㈡作業可由學生交換批改，但應限於數字或拼字等較簡單明確的答案，且學生有能力批改之作業。低年級學生通常無法批改作業，但低年級的作業通常是較短又簡單，老師很容易批改。

㈢作業批改後，應登錄成績在成績冊上。

㈣作業批改後，應立刻發還，錯誤的立刻訂正，並再交給老師檢查。

㈤學期開始，應注意作業完成情形，第一次未如期完成者，要找他（她）談。兩次未交者，應打電話或寫字條給父母。大部分父母都喜歡你對孩子的關心並願意支持你，所以不要猶豫。
㈥各種作業批改後，應請學生帶回家給父母簽名。
㈦好的作品或認真習作的作品可以展示在教室適當地方，以鼓勵學生。

十二、家庭作業各科都要兼顧，不要局限於國語和數學。

十三、家庭作業方式多樣化，包括練習、搜集、調查、訪問、實驗……等，不要只是機械式的抄寫或計算的作業。

拾陸、有效的總結

一節課或一天終了，做個總結，可集中學習焦點，加深印象。老師可用下列方法做總結活動：

1. 一節課或一天終了，請學生寫出他學習到的一件事。
2. 扮演小記者，報告學習所得。
3. 學習結果用短劇演出。
4. 將學習結果寫成大綱或報告。
5. 鼓勵學生和父母、同學分享學習所得。
6. 複習以前學過的內容，使內容前後銜接。
7. 實施測驗，且測驗後要檢討訂正。

拾柒、提供回饋和評量

適時的回饋和評量在教學過程中是很重要的一環。提供回饋時注意下列幾點：

一、學習成果要做紀錄，以了解進步情形。

二、提供學生立即和具體的回饋。

三、多說學生的優點，並幫助學生糾正錯誤。

四、提供學生真實的回饋，虛假不實的回饋，學生不喜歡。

五、請學生寫出其學習成功的因素。

六、不要強調和別人比，要和自己比。

七、多寫評語或支持性的話，以鼓勵學生。

拾捌、開學初的教學原則

為使開學初的教學能夠順利的進行，常規能夠建立，進行開學初的教學，應注意下列原則：

一、開學初不要急著上課，應著重從教學中建立班規和例行活動程序。根據國內外的研究（Emmer et al., 1988；柯華葳，民 77）顯示：開學初不急著教學，而著重常規建立的老師，教學效果比開學初急忙上課、趕課的老師要好。

二、開學初不要忙於趕進度，批改作業，或完成一些行政工作。老師要多留在教室，並於上課、下課、整潔活動、升旗、午餐、午休……等各種活動中，仔細觀察學生，認識學生，了解學生以利於常規的建立和未來的教學活動設計及內容的選擇。所以開學初，作業可規定少一點，或只批改部分學生的作業即可。

三、開學初的教學最好是全班性的團體教學，不要採取分組教學，或需要較長時間指導某位學生的活動。

四、開學初的課程和習作要簡單容易的，學生只需一點指示就能學會，使學生有信心而願意全力以赴。

五、開學第一個月，各科的教學活動順序，最好固定，且一再重複，一直到學生學會。這樣學生較容易跟隨老師的教學，也較容易專注學習（on task）。如果各科的教學活動順序不固定，甚至變化莫測，學生將無所適從，不知道什麼時候要做什麼，每一個活動完了，老師都得交代下個活動要做什麼，老師會很累。

第一個月後，教學活動順序就可以逐步改變。

第八節　行爲管理

數十年來，我國國民小學的教育目標皆揭示以生活教育及品德教育為中心，因此，學生行為的教導應為學校及教師的重要職責之一。尤其今日社會治安惡化，青少年問題日益嚴重，犯罪年齡逐漸下降，更顯示學校教育須加強學生行為教導之重要性；國小階段是培養及奠定兒童良好行為的重要時期，所以國小兒童行為的管教自是非常重要的課題。

對於學生行為的管教，筆者有以下二個想法：

一、好行為不是天生，必須靠後天的教導。所以欲培養學生的良好行為，必須教導於先。

二、不當行為的發生是其對環境的一種反應或缺乏社交技巧所致。所以老師應該幫助學生學習用建設性的方法解決問題，處理挫折及對自己的行為負責。

基於以上的想法，對於學生行為的管教，筆者擬從四方面來談：①教導學生良好的行為；②維持良好的行為；③預防不當行為的發生；④有效而專業的處理學生的不當行為。

壹、教導學生良好的行為

對於不當行為之處理，方法很多，效果也很好，但更重要的是防患未然，所謂「預防勝於治療」，「治標不如治本」。所以教導學生良好行為應重於不當行為之處理。以下提出教導學生良好行為的作法：

一、開學初應教導班規和例行活動常規，讓學生了解老師及學校的要求是什麼，學生才有所依循。

二、開學後也應隨時教導及鼓勵學生的良好行為。

開學後，老師應隨時密切觀察學生的行為，好的行為給予稱讚、鼓勵，不合適的行為，隨時給予指導。

貳、維持良好的行為

安全、有秩序的學習環境應是老師、學生、家長所企盼的。而建立一個安全、有秩序的環境，有賴於教師維持學生良好的行為。

維持良好的行為應做好下列六方面行為的管理：

一、密切監視學生的行為。

二、班規和例行活動程序應一致且徹底的實施。

三、不當的行為應很快的處理。

四、使用獎懲辦法。

五、建立教學績效責任制。

六、教學活動進行流暢而緊湊。

以上六種行為之管理，進一步詳細說明於下。

一、監視學生的行爲

老師應監視的學生行為包括二個重點：

(一)學生是否專注的投入學習活動，例如呈現材料時，要注意學生是否專心的看或聽，討論時要注意看學生是否積極的參與？習作時要行間巡視看看學生是否依進度認真的習作。

(二)學生是否遵守班規和例行活動程序，班規和例行活動程序經過教導和練習後，學生不易在短時間內完全遵守，老師應重複提醒，確實要求，徹底執行。

有些老師也建立了班規和例行活動程序，但實施成效不彰，究其原因，大致有三：

(一)老師訂定不合適的班規和例行活動程序。

(二)老師教導班規和例行活動程序後，沒有密切監視學生的行為。

(三)老師沒有徹底執行班規和例行活動程序。

如果有以上情形，老師應採取下列補救措施：

1. 重新教導班規和例行活動程序。
2. 修改不合適的班規、例行活動程序和後果管理辦法，並重新介紹和使用。
3. 換掉一些例行活動程序及後果管理辦法。

二、很快的處理不當的行爲

有效的老師通常在學生發生不當行為時，會很快的處理。學生不當行為可以考慮採取下列方法來處理：

㈠學生不專注時，老師應提醒他注意。

㈡學生不專注時，老師可以眼神接觸或走近那位學生提醒他。

㈢未遵守班規和例行活動程序者，老師應提醒他或問學生是否記得。

㈣立刻制止不當行為。

以上四種方法有時候不便使用或可能會干擾學習活動，如果該行為不會干擾別人或影響別人，老師可繼續進行活動，直到適當時機，再找那位學生討論並告訴他應如何做。

有些不當行為很短暫，而且沒有擴大，或犯錯行為不明顯，或老師對不當行為若採取行動，會影響課程，老師可不予理會。

三、使用獎懲辦法

學生表現好的，給予獎勵；表現不佳給予懲罰。這方面教育心理學教科書中講得很詳細，在此不再贅述。

四、建立績效責任制

在教學過程中，老師時常會要求學生完成一些工作，如完成一張圖，做完一個數學習題。老師要把完成的情形，完成時間說明清楚，並時時注意學生進步情形。有些作業的完成要幾天或幾個星期，老師要時常檢查其作業進行狀況。

五、教學活動流暢而緊湊

教學活動一個接一個要很自然、順暢，學生不易分心，行為問題就會較少了。

叁、預防不當行為的發生

不當行為的預防，除了教導學生班規、例行活動常規及其他合宜的行為外，老師應做到下例幾點：

一、營造溫馨、接納、支持、了解和開放的環境。羅傑士深信孩子先天具有成長的潛能，具有理性與能力。孩子將長成怎樣的一個人，端賴他後天的環境和經驗。在溫馨、接納、支持、了解、開放的環境裡，他先天的理性能力，會開花結果，長成一個成熟自律、獨立自主、負責自制、適應進取的個人。反之，如果缺乏上述條件，他的先天理性能力，將會受到遏制，不能發揮出來（引自邱連煌，民 86，P.154）。

二、布置安全、舒適的教室環境。例如舒適的座位，明亮的光線，適當的溫度及美麗的環境。

三、滿足學生的心理需求。Dreikurs、Glasser、Erikson 和 Maslow 等人（Jones & Jones, 1990）認為凡是人都有其基本的心理需要，這些需要如果未能循正當的途徑得到滿足，便會以不適當行為來尋求滿足。所以很多時候，學生所以會表現不當行為，乃由於其基本的需求沒有得到滿足。所以老師應當了解學生的基本心理需求，並幫助學生滿足這些需求。

學生的心理需求是什麼？Dreikurs 認為是「被社會接納」。Glasser 認為人類有二種基本心理需要：愛與被愛的需要、個人和別人眼中感到有價值的需要。Maslow 認為人類的基本需求有五：生理的需要、安全的需要、愛與隸屬的需要、自尊的需要和自我實現的需要。Erikson 認為國小階段的兒童需要證明自己是個有能力的人。Dreikurs、Glasser 和 Erikson 提出的心理需求，都可以包括在 Maslow 的需求理論中。為滿足人類的五種基本需求，教師或學校應注意下列事項：

㈠老師應注意學習環境的舒適性和美觀，注意光線、聲音、溫度、空氣、學習時間、學生的學習型態（視覺型、體覺型、聽覺型）及學生移動（mobilily）、互動（interaction）和親密的需要，以滿足其生理上的需求。

㈡在校園、教室或遊戲、運動場所，應注意各種設施的安全性；避免受到大人或同學的身心傷害，避免給予不必要的心理壓力，以確保學生的生理和心理安全需求之滿足。

㈢師生之間、同學之間要建立正面的關係，例如互相尊重，找出學生的優點，並給予鼓勵，接受學生以自己的速度學習和工作，以滿足學生被接納的需求。

㈣老師應製造溫暖、安全的學習環境，應用有效的教學策略，使學生很清楚教學的目標，主動的參與學習活動，並能獲得學習上的成功。其次要鼓勵學生認真的扮演好自己的角色，並要懂得做錯了要改正，做對了要把功勞歸於自己，如此學生才會擁有自尊和自我價值感。

㈤老師應設計多種學習活動，如討論活動、專題研究活動，鼓勵學生接受挑戰，以激發其好奇心及培養學生分析問題及有效抉擇的能力，才能應付瞬息萬變的時代，學生才有自我實現的可能。

四、學生的好行為多鼓勵。杜瑞可認為預防不當行為之道，最佳途徑莫過於鼓勵。好的行為多鼓勵，好行為增加，不好的行為相對就減少。鼓勵（encouragement）和稱讚（praise）不同，杜瑞可認為老師應多鼓勵少稱讚（引自邱連煌，民 86，P.116-119）。

五、教導學生交流分析的原則（TA 理論），並鼓勵學生應用在日常生活中（Edwards, 1997, P.140）。

六、要尋求學生合作或支持時，老師適時的發出預防性我的訊息（Eswards, 1997, P.166；邱連煌，民 86，P.184）。

七、對於將來可能發生的問題事先加以討論，以預防不當行為之發生。例如放假前學生上課容易分心，運動時產生爭執，罵髒話，未帶學用品，未完成作業等（Edwards, 1997, P.166）。

八、共同參與班級經營。高敦認為最有效的班級經營方式，是老師與學生分享決定班級事務的權力，舉凡有關教室布置，座位安排，班規制定之事，均由師生共同討論決定之（邱連煌，民 86，P.186）。

九、老師要進行有效、有趣的教學，學生被老師的要求吸引住了，自然不會有違規的行為產生。至於如何進行有效的教學，提出下列幾點供參考（詳細資料請看第七節）：

㈠精熟學科知識。

㈡教學準備充分。

㈢教學方法、教學媒介、教學活動多樣化。

㈣學生的活動要多，師生及同學互動要頻繁，上課才不會厭煩。學生的活動如下：發表、角色扮演、討論、合作學習、操作、製作、觀察、調查、報告、實驗、種植、發問、閱讀、戲劇演出、表演、練習等，老師應靈活應用。

㈤每節課、每天的教學要有所進展，讓學生感覺每天在進步中，每天有所學習。

㈥教學活動流暢、緊湊，一個接一個很順利的進行。

㈦教學時間有效的掌握，讓每個活動都有足夠的時間完成。

㈧準時上課，下課，不要占用下課時間、午餐時間及放學時間。

㈨下課前有結束活動。結束活動時間約三～五分鐘，老師可做下列事情：

1. 可用書寫、扮演小記者、測驗、寫大綱、短劇演出、複習、欣賞等方法總結本節課的學習內容。
2. 交代作業。
3. 預告下次上課內容及應準備之學習材料。
4. 清理教室。

㈩提供有效的回饋和評量。

十、老師要培養適切的教師特質及學習自我管理。

1. 要熱忱。
2. 要有耐心、愛心、幽默感。
3. 要堅定、友善和公平（firm、friendly、fair）。
4. 具有自我價值感（發揮自我的潛能，扮演好自己的角色）。
5. 問題解決導向。
6. 對學生期望不要太高、太多，要實際一點。
7. 建立支持系統，和同事、朋友、家人討論你的困擾，尋求他們的協助與支持。
8. 承認自己的限制。
9. 不要太注意自己的失敗和錯誤。
10. 以自己的成就為榮。
11. 做好自己能做的事。

12.給自己成長的時間、空間和金錢。

13.健康的身體。

14.給自己一段休息時間。

15.給自己獨處的時刻。

肆、有效而專業的處理學生的不當行為

一、Jones 和 Jones 的方法

Jones 和 Jones（1995）認為學生不當行為的發生，是對環境的一種反應或缺乏社交技巧所致，老師應幫助學生學習用建設性的方法解決問題，處理挫折及對自己的行為負責。學校是個教育機構，對於學生不當行為的處理，應具有教育性和專業性，Jones 和 Jones 提出有效而專業的處理學生行為問題的順序如下：

訂契約
社會技巧訓練
自我監控 ↑
問題解決
環境分析
有效的反應

㈠有效的反應。學生不良行為發生之後，只要老師採取以下之反應，多數的不當行為即會消失。

1. 妥當的安排座位，使老師能看到每個學生且可以很快走到任何學生的座位前，如此可以很快的處理輕微的問題。

2. 老師要隨時看到每個學生，隨時掌握學生的動態，以便適時的制止即將發生的行為問題或輕微的問題。
3. 輕微的問題要忽略；如果某一位學生持續產生輕微的干擾行為，老師私下找他談；如果多數學生有輕微的干擾行為，老師可利用班會共同討論。
4. 對於不當行為之處理，老師態度要堅定，但要顯得溫暖、有禮及對不當行為加以說明。老師不適當的生氣，將會使學生焦慮、緊張並產生更多的不當行為。
5. 老師冷靜且很快的處理不當行為，其他學生也會跟著改進他們的行為。
6. 不當行為發生後，第一個步驟老師用眼睛注視學生，或走近學生，或碰觸學生的肩膀，或要求學生立刻回到原來的工作或活動，或者稱讚好的行為。
7. 提醒學生違反了那一條班規？
8. 如果一、二位學生有嚴重的干擾行為，老師可先將其他學生安排做某些工作，然後私下和這二位同學討論。

㈡環境的分析。前一種方法如果無法制止學生的不當行為，老師就要做環境的分析，以改善不當的環境。環境的分析包括班級經營之分析、老師的教學行為之分析、學生行為之分析、教室環境之分析、親師關係之分析。

㈢問題解決（現實治療管教法）。教學環境沒有問題，學生還是有不當行為，老師就要用格拉舍的問題解決方法，教導學生解決其問題。其步驟如下：老師要表現溫暖、親切、積極以及真心真意的投入，和學生打成一片→注重現在的行為→價值判斷→擬定行為改變計畫→承諾→追蹤。如果行為改變沒有成功，老師不應聽信學生任何藉口，也不要懲罰，更不要放棄，再擬定一個行為改變計畫，繼續協助學生改善行為。

㈣教導學生監控自己的行為，並配合自我教導（self-instruction）及自我增強（self-reingorcement）策略（認知行為改變）。

㈤進行社會技巧訓練。

㈥訂契約。

對於學生不當行為的處理，除了以上之方法，還有下列幾種有效而專業的管教方法：

㈠斷然管教法。

㈡行為分析管教法。

㈢價值澄清法。

㈣高敦的溝通管教法（教師效能訓練）。

㈤交流分析。

㈥邏輯後果管教法。

以上幾種管教方法，請參考「班級經營—學生管教的模式、策略與方法」一書（邱連煌，民86）。

二、Evertson 的方法

Evertson 等人（1994）將學生的教室行為問題，依其對學習環境和秩序影響的程度分成四類，並提出各類問題的有效處理策略，頗具參考價值。茲臚列於下：

類　　別	行為表現	處理策略
不成問題（non problem）	•短暫的不注意 •活動轉換時簡短交談 •寫作業時稍作停頓 •短暫的發呆	忽略
輕微的問題 （minor problem） •違反班規，但不是經常 •干擾活動，但影響不大	•擅自離席 •做不相干的事 •遞紙條 •吃東西 •亂丟垃圾 •寫作業或分組工作時，過度交談	•非語言策略(搖搖頭、眼神接觸、信號、用手碰觸肩膀) •使活動前進 •轉換時間縮短 •活動時間縮短 •接近學生 •用「團體注意」策略 （邱連煌，民64a） •再指導行為 •公開獎勵團體或個人的適當行為。 •再教學 •立刻制止不當行為 •給予選擇 •使用「我的訊息」

中度問題 （moderate problem） 只影響二個人或某幾個人的學習	• 分心 • 未完成作業 • 亂說話或亂走動 • 拒絕工作	• 取消權力或喜歡的活動 • 孤立 • 使用懲罰（多寫幾次、幾個字、幾個題目） • 依校規處理 • 留校
擴散問題 (extensive problem) 行為問題擴大，會影響秩序和學習環境	• 在教室隨意走動；大叫、交談	• 訂契約 • 和父母會談 • 使用Canter的斷然管教法（邱連煌，民86） • 使用Glasser的現實治療管教法（邱連煌，民86） • 使用問題解決方法（界定問題→選擇解決方法→學生願意接受） • 使用價值澄清法（邱連煌，民86） • 使用邏輯後果管教法(邱連煌，民86)

Jones 和 Evertson 對於學生不當行為的處理方法大致相同，即輕微的行為問題用非語言的策略、使活動前進、身體靠近、用「團體注意」策略、教學績效、增加學習參與……等策略，行為問題就會消失。其次再使用「環境分析」方法，再不行或嚴重的行為問題，就要使用現實治療法、認知行為改變、邏輯後果管教法、價值澄清法、社會技巧訓練、訂契約、和父母會談等方法。

三、國小學生常見的不當行為及其處理策略

國內若干研究（鄭耀男，民 84；陳勝利，民 77；簡紅珠，民 84）顯示，國小學生嚴重的行為問題，像恐嚇別人、拿刀子或武器傷人、搶、偷、喝酒、蹺課、逃學等實在不多，這些嚴重的行為問題也不是一般老師有能力和有時間輔導的對象。

常出現在國小教室的不良行為，大多是較微的不良行為或失序行為，低年級常見的不當行為是上課注意力不集中、上課愛說話、上課擅離座位、上課吃東西、打小報告。中年級常見的不當行為是上課注意力不集中、上課愛說話、打小報告、吵鬧、不寫作業、欺負同學。高年級常見的不當行為是上課注意力不集中、吵架、小集團、不寫作業、反抗心強、畢業前情緒浮動、男女問題、打電動玩具。

教室是個非常忙碌的地方，沒有時間讓老師思考一些處理行為問題的理想策略，所以提供國小學生常見的不良行為之管教策略給老師們參考是需要的，以下分別說明之。

㈠注意力不集中

學生上課不夠專注是國小老師普遍感到困擾的問題。筆者認為學生上課不夠專心，和老師的教學有相當密切的關係，如果教

學內容豐富、有趣，教學方法、教學媒介、教學活動多樣化，教學活動進行流暢而緊湊，師生互動和同學互動頻繁，學生的活動多，上課中隨機指名回答，或請學生對同學的答案提出意見，學生被老師的教學吸引住了，學習參與度高，學生隨時保持警覺狀態，則學生上課沒有不專注的。反之，則學生覺得上課枯燥、無聊、厭煩而有很多不當行為產生。所以學生上課不專注，應從老師的教學行為加以反省和改進。

㈡上課亂說話、上課玩東西、吃東西、丟垃圾、上課擅自離開座位、上課做不相干的事、遞紙條

這些不當行為基本上是屬於教室常規的問題，開學初老師應對學生的上課行為有所規範，例如規定學生上課要專心並遵從老師的指示。也即上課中要根據老師的指示進行學習，上課中做不相干的事，玩東西、吃東西、丟垃圾、遞紙條、未經老師允許擅自離席、隨意說話等都是不被允許的

㈢未帶學用品

請學生晚上睡覺前，根據家庭聯絡簿的記載準備好明天要攜帶的學習材料，並放在門口的盒子或箱子裡，隔天一大早，把盒子裡的東西全部帶走，就不會有所遺漏。

㈣上課閒聊

只要提醒學生要做什麼，並讓他立刻回到正在進行的工作即可。

㈤不寫作業或未完成工作

可用下列策略：

1. 用績效制度處理。規定學生什麼時間之內一定要完成什麼工作或作業。

2. 經常收作業、檢查作業、登記成績，則學生不敢偷懶。
3. 找學生個別談話，共同討論「完成作業」的可行方法。
4. 列出未完成的工作或作業，請父母督促。
5. 如果是學生沒有能力完成作業，老師應提供適當的協助，或調整作業的質與量，或把作業細分成幾部分，完成一部分，即給自由時間。

㈥扮演小丑

老師應很堅定的告訴學生：「這個行為老師不喜歡，請你立刻回到座位完成老師指定的工作。」

㈦打小報告

低、中年級的小朋友，一有事就跟老師報告，使得老師下課時間不得休息。開學初可以訂一條班規：報告（Reporting）。告訴學生生病或受傷要立刻向老師報告，其他問題，不管是個人或全班的可於放學前提出來，全班共同討論。

㈧欺負同學、打架、吵架、罵髒話

可於開學初訂一條班規：友善的相處（Be kind）。告訴學生大家在一起應互相幫忙、互相照顧，也可利用班會時間，全班共同討論，同學應如何相處，或同學之間有所衝突或不滿，應如何解決，使學生學習用建設性的方法解決衝突。

第九節　特殊兒童的管理

特殊兒童有十幾類，各類特殊兒童並不是都獨立成班，每所國小也未能普遍設立特殊班，而且回歸主流特殊教育方案，也希望特殊兒童回歸到普通班級，所以普通班中的特殊兒童將越來越多。為因應此趨勢，國小老師對特殊兒童的辨認、教育與輔導應有基本的認識，接到一個班級後，才能很快覺察××可能是某類特殊兒童，並進一步要求專業人員進行診斷及提供教育與輔導的方式和有關的參考資料或書籍，以便給予特殊兒童適當的照顧、教育和輔導。國小常見的特殊兒童有注意力不足的、高能力的、聽障兒童、低能力的、低成就的、情緒困擾的和學習障礙兒童。面對這些特殊兒童，老師應請教各類特殊教育專家，並多參考有關資料和書籍。以下簡單介紹常見的特殊兒童的處理方法。

一、注意力不足的兒童

這類兒童易分心、衝動、高度活動、注意力短暫、缺乏組織能力。這類兒童，嚴重的要請醫師治療。在教室中，老師應妥善處理，如安排坐在前面，老師可隨時就近督導；給予的教學指示要簡短、清楚，一系列的步驟要他抄下來，一個步驟完成再做下一個步驟；作業份量要配合其注意力，完成一小部分，給予活動或休息一下，再給一小部分；閱讀時，可用空格卡片或用手指頭指著讀，以幫助他集中注意力；上課中多安排一些機會讓他活動；教他們肌肉鬆弛法，以備長時間工作所需；需藥物控制的，要提醒他吃藥。

二、高能力的學生

高能力的學生有很多類型，有的創造力高，有的社會能力好，有的智力高。這類兒童挑戰愈大，學得愈多。面對這類兒童，老師應提供一套課程方案，加深、加廣學習內容；並提供給他有挑戰性的活動，如做專題研究，專題報告，對時事發表意見（在報紙上），或對學校提出改進計畫或做小老師等。這類兒童到學校來，才不會感到無聊、厭煩或干擾班上秩序，而且對老師的教學，同學的學習也有所幫助。

三、聽障兒童

老師應安排其坐在前面，可隨時就近指導；老師上課最好用投影機呈現學習材料，避免寫黑板（看不到老師嘴形）；老師講話時，嘴巴要張大，光線要亮，以便清楚看到嘴形；任何教學指示要板書；重要的教學內容要重複並寫出來；指派一位學生（筆記整理很好的）影印上課筆記給他（聽障兒童不能一面記筆記，一面讀唇）。常常注意學生是否了解；密切注意其作業進行情形；給予線索，以提醒他要注意看老師。

四、低成就兒童

低成就兒童較適合教師中心的教學，提供結構性、固定、規律的教學活動；一次教一個重點，然後提供充分的練習並即時回饋，所有的學習內容要仔細、清楚的教，不仔細，過分複雜的溝通容易混淆而產生挫折。面對這類兒童，老師要提供溫暖、支持、接納的班級氣氛，多增強其好的行為，好的學習表現。

五、情緒困擾的兒童

要找出其情緒失控的線索，以便預防在先；忽略其輕微的不當行為；多增強好行為；減少其壓力來源；提供支持的環境；和校長、輔導老師討論其情緒嚴重失控時如何處理，如離開教室到輔導室，並有人監看，直到冷靜下來。

六、學習能力低的兒童

這類兒童各種學習都有困難，且低成就，不善於組織，易遺忘；容易產生挫折並形成負面的自我概念。面對這類兒童，老師應給予正面示範，避免嘗試錯誤；提供結構性教學（有預定的程序）；要有耐心反覆的教；教學指示要明確；提供多重感官的學習；給予過度學習，但時間要短，次數要多。

第十節　親師關係的增進

班級經營人人有責，凡是會影響孩子行為的人，如父母、兄弟姊妹、親戚、朋友、老師都應共同負起責任，尤其是父母和老師。孩子行為不當，老師不應責怪父母，父母也不應責怪老師，大家應一起來建立孩子正確的行為並改善其不合宜的行為。

老師與家長的合作基礎，首先在於建立良好的親師關係。親師關係的建立，有賴於老師用心的設計。茲介紹幾種增進親師關係或得到家長支持的可行作法：

壹、開學前寫一封友善的信給家長

內容包括：你的背景，你的學年計畫，何時開親師座談會，如何和老師聯絡，家庭作業的方針及要求，評分的方式，建議父母如何幫助學生學習和生活適應，列出本學期所需要的文具、學習材料、工具書、參考書，適合的兒童讀物，雜誌和報紙，學校特殊活動的日期，幾點上學，幾點放學，衣服的規定，午餐、午休的規定，及其他家長想要知道的事，或老師想讓家長知道的事。

貳、開學前或開學初辦理親師座談

為使家長了解新學年學校的各種政策、各種措施、老師的做法，以及了解家長的期望，最好於開學前一週，最晚於開學後一週，舉辦親師座談。

為使親師座談確實能達到預期效果，家長不虛此行，必須做好計畫和準備工作。茲將親師座談的籌備及進行過程提列於下，供老師們參考：

一、利用語文課，請學生設計邀請函

邀請函應包括校名、地址、日期、時間、地點、老師的名字等，並鼓勵父母參與。

二、安排教室

㈠可能的話，最好布置鮮花（由學生帶來）。
㈡教室展示學生的作業和作品。
㈢把日課表張貼出來，使家長了解作息時間及課程內容。
㈣準備簽到簿。
㈤桌上放好寫好父母名字的名牌。
㈥將教室書桌清理乾淨。

三、教師個人的準備

㈠老師衣服的顏色、式樣要得宜，鞋子要擦拭乾淨，頭髮要整理好。一切的裝扮要顯得自信和專業，並以自己的工作為榮。

㈡充分準備對家長談話的內容，最好有個小抄，並做充分準備。談話的內容應包括下列要項：

1. 簡短介紹個人背景、學經歷、教育哲學及學年目標。
2. 介紹日課表、作息時間、學年的行事曆，上下學時間、缺席如何聯絡、生病的處理方式等。
3. 說明你的家庭作業要求及作業的量。
4. 說明你的評分方式和標準。
5. 介紹教室規則。
6. 介紹獎懲辦法。
7. 介紹戶外教學方式、時間、地點及其他特殊的教育活動。
8. 說明對資優生及低成就兒童的幫忙方式。

㈢準備一份資料給父母，這份資料係指導父母如何幫助孩子學習，通常父母會很喜歡也會很感激。這份資料可包括下列內容：

1. 和孩子共同擬定家裡的作息時刻表。
2. 在門口放個盒子，把明天要帶去學校的東西放在那裡，以免遺忘。
3. 早餐吃得好，睡眠要夠，5-7 歲要睡足 10 小時，8-14 歲，要睡 8 小時。
4. 每天有一段時間，聽孩子說話，最好利用吃飯或洗碗時間。記得孩子有困難，要他想出解決辦法。

5. 鼓勵孩子多閱讀，設計一張表，讀完一本書，即貼上貼紙。多帶孩子到圖書館或書店。
6. 安排安靜、遠離電視的地方供孩子讀書，寫作業。
7. 不要幫孩子做作業，但要檢查作業是否整潔，是否做好。
8. 看電視、打電腦要節制，最好幫孩子選擇有益的電視節目。
9. 父母的教育態度很重要，父母多參與學校活動，熱心參與母姊會，顯示學校是重要的。
10. 多和老師聯繫。
11. 情緒困擾的、單親兒童、父母離婚或分居及其他需要特別幫忙的兒童應讓老師知道。
12. 告訴家長各科學習要點及學習要領。

謹提供二份「親職教育」資料（筆者應邀演講之大綱）供國小教師或父母參考（請看附錄二、附錄三）。

四、舉辦座談會

㈠老師應溫暖而友善的歡迎每位父母。
㈡開會前有一段放鬆時間。
㈢會議末了，讓父母有發問時間。
㈣談話結束後，可以發個問卷，尋求父母的意見。
㈤會後放輕音樂，最好有點心。

五、座談會結束後

㈠老師將會議情形做記錄。
㈡檢討本次會議之優點及應改進之處。

㈢需向校方反應或建議之事項向校方提出。
㈣本班要努力或改進之處記下來。
㈤將本次會議之重要內容或資料寄給家長。

叁、善用家庭聯絡簿

學生在校的各種好行為，好的表現，在聯絡簿上記下，讓家長知道，對學生也是一種鼓勵。不適當的行為或表現也寫在聯絡簿上，讓家長知道並共同來督導。當然最好多寫好的行為和好的表現。可是在家庭聯絡簿上看到的，多數是寫不好的事情，這是老師要留意改進的。家長也應多利用聯絡簿，告訴老師孩子在家的學習和生活狀況，或健康情形，尤其是好的表現，應多讓老師知道，也應該多寫一些鼓勵或讚賞老師的話。這種雙向的，時常的聯繫，正面的鼓勵對學生的學習很有助益，也縮短了老師和家長之距離，增進彼此的了解。

肆、電話溝通

特別重要或緊急的事，老師和家長才用電話聯絡。一個班四、五十個學生，老師一一用電話聯繫，時間、金錢上都不夠經濟，而且老師上了一天的課，講了一天的話，忙了一整天，下班後已經精疲力竭，實在沒有精神和體力打電話或接電話，這是家長們要理解的。所以下班後，家長儘可能不要打電話給老師。

伍、個別會談

如家長認為孩子的問題需要找老師做長時間的討論或交換意見，或老師認為需要家長個別談話，最好事先約時間，但談話時間不宜超過一個小時，這應該是談話的基本禮貌，老師、家長都應該了解。

陸、家庭訪視

老師對學生的認識與了解，最直接也可能是最有效的方法就是家庭訪問。看一看孩子生長的社區、家庭環境，看一看家庭的成員，大概對孩子可以了解很多。孩子的行為、習性和家庭絕對有密切的關係。不少老師在家庭訪視後，原本對孩子的責備變成包容、憐憫與同情。尤其老師成長環境與背景和學區的孩子差異很大時，家庭訪視工作更是需要，否則老師憑著自己的成長經驗，很難去理解某些孩子的行為。家庭訪視工作很重要，絕對不要流於形式。

家庭訪視之前，老師應將學生在校的各種累積紀錄、測驗資料、軼事紀錄仔細看一遍，並記下特別有意義的資料，做為和家人談話或討論的重點。當然在談話中，首先要多說孩子在校的好行為和好表現，然後再談一點孩子有待努力和改進之處。筆者認為家庭訪視的重要目的，是去了解孩子成長、生活的環境，並和父母交換一些意見、溝通一些觀念。

柒、編班刊

老師可視學生的能力，每兩星期或每個月指導學生出版一次班刊。班刊可介紹學校重要活動及日期、班上優異的表現、社區文藝活動及日期、老師的話、學生的話、家長的話、學生的優良作品、親職教育的好文章、老師要家長配合事項、好書介紹…等。透過班刊，家長可以了解學校的活動情形，孩子在校的生活，了解孩子的心聲、對父母的期望…等。班刊是學校、老師、學生和家長四者很重要的溝通橋樑。

捌、編校刊

通常校刊是一學期出版一次，其中大多介紹一學期來的學校大事、學生的優異表現、學生的優良作品，可以增進家長對學校的了解，進而對學校有認同感。出版校刊應該是每個家長所企盼的，學校應排除萬難，一學期出版一次。

玖、讓家長知道孩子的學習進步情形

家長都很想知道孩子在校的種種表現，包括：和老師、同學相處的情形，學習適應情形，各科的學習表現，學習習慣、學習態度、生活習慣、生活禮儀等。老師可設計學習和生活表現之檢核表，定期的發給家長參考。平常可利用寫短箋、家庭聯絡簿或電話等方式和家長保持密切的聯繫。

拾、鼓勵家長參與學校或班級的活動

家長參與學校或班級的活動越多，對學校、班級或教育工作愈了解，也許更能體會學校或老師的用心和苦心，家長和學校、老師的配合度、支持度會更高。所以老師應鼓勵家長多參與學校或班級的活動。

拾壹、有效面對家長的批評或質疑

家長對學校或老師的教學、管教方式有所批評或質疑，幾乎是每位老師都有的經驗。面對家長的質疑，處理不當則兩敗俱傷。如何有效面對，以下提供若干作法：

一、愉悅的態度歡迎家長。

二、使用積極傾聽的技巧，以消除家長的憤怒情緒，使家長冷靜下來，不再生氣。

三、表現出對家長的談話很有興趣，且仔細聽。

四、表現出冷靜、專業的態度。

五、請問家長希望老師做些什麼。

六、設定會談時間，如果時間不夠，另約時間。

七、誠實的陳述問題，不必負太多的責任，要維護專業的自尊。

八、強調具體的資料—這是強而有力的專業工具和保護自己最好的方法。

九、告訴家長，你將做什麼（你的計畫）。

拾貳、做為一位教師，應以你的專業、學識、努力和做人贏得家長的敬重

老師要不斷的充實專業知能，不斷的學習與成長，並要敬業、樂業，才能贏得家長的敬重。

第十一節　教師的時間管理

國小老師除了繁重的教學工作，還要處理不少行政或級務工作，如出缺席登記、晨檢、收牛奶錢、便當錢、收發簿本、登記成績、報告成績…等。因此，老師如不善於管理時間，每天將忙成一團，精力耗竭，卻又成效不彰。

國內有關老師的時間管理之文獻尚付闕如。國外學者 Collins 在這方面投入不少心力，也為老師們舉辦很多次的研討會，指導老師們時間管理之策略。以下介紹 Collins（1987）提出的老師的時間管理之具體策略，供國內老師參考。

壹、首先要給自己和學生訂定學年目標、行動計劃並實際付諸行動。

貳、精熟一、二種有效的教學過程，教學才能有效又順暢緊湊的進行。

叁、有效的管理時間，具體策略如下

一、即時開始，但不要停留在開始的點上（beginning now, but not at the beginning）。如果你時常停留在開頭，首先要了解為什麼沒有即時著手；其次，先從你能做的部分開始做；第三，記得第一次做新工作，不可能完美，不可能達到高水準。

二、將下列工作儘可能放在你隨時看得到的地方，以便隨時開始，即使只是幾分鐘時間。

㈠你急著要完成的。

㈡你期待要完成的。

㈢對你是有價值且優先的工作。

㈣有壓力必須完成的。

三、任何工作要訂定完成的期限。

四、任何值得做的事，就應該將他做好（do it better）。

五、善用零碎的幾分鐘時間，處理一些單調、瑣碎、機械化的工作，如整理桌子、寫善行便條、思考創新的教學方法，可利用開會前的時間、等人的時間、下班前幾分鐘時間。如此一來，很多瑣事就不會拖延。

六、需要相同心理能力的工作，或連續性的工作，盡量聚集一起做。

七、一個時段集中做一件事。

八、做事不只是要認真，更要注意做事的方法和效率（work smarter, not work harder.）。

九、培養自己為完成某個目標的基本能力。

肆、排好每節課、每天、每週的活動或工作時間表，並時常檢討改進

每節課要做什麼，每天什麼時段做什麼事，每週星期一到星期六的行事曆要妥善的計畫，每天每個星期檢討行事曆的安排是否妥當？工作效率如何？，找出要改進的地方。如果沒有什麼不妥當之處，至少也要改善其中一部分，則時間的安排和利用，會一週比一週好。

伍、避免浪費時間，其具體策略如下

一、桌上的東西要清理乾淨。

二、動機不要太強或太弱。動機太強會窄化思路，太弱會不持久，每個人應依自己的能力訂定合適的目標。

三、克服負面的偏差。有些人習慣性的拒絕接受任何新的觀念和新的方法做事，有些人習慣性地拒絕接受別人的意見，由於這些偏見而影響做事的效率，自己又從未察覺。為避免這種負面的偏差，碰到新的情境，你要去請教別人如何面對這個情境。

四、每天安排固定時間處理級務和行政工作　老師可在早上學生未到校前或放學之後處理一些行政和級務。每天有一固定時

段到教務、訓導、總務處等接洽要務，免得來回奔跑，浪費時間和體力。

五、安排固定的時間打（接）電話、會談，最好告訴家長、同事你預定的時段，最好是在早上 11：00～12：00，或下午 3：30 以後，其他時段你就可以專注的做事，不怕被干擾。打電話時為減少浪費時間於不需要的閒聊，請注意下列幾點：

㈠將性質相似或問題相似的電話一起打。

㈡打電話之前，將要點記下來，並預留空白，以便記錄對方回答的內容。

㈢大清早避免打電話，以免分心或打斷重要的工作。大清早也不要接電話，可請祕書或別人過濾電話，不急的事，於中午之前或下午 3：30～4：00 之間再回電即可。

六、自我約束和管理　成功的管理時間最有效的方法是：

㈠不管以前的失敗，凡事以正面、積極的態度去面對。

㈡每天檢討時間使用的效率，每天做一些改進。

㈢容易的，不重要的工作儘量不急著先做。

㈣訓練自己不要衝動，行動之前，想想是否必要去做。

七、選擇最重要的工作先做。

八、不要過度忙碌。

九、不要猶豫不決。

十、時間、空間有效的組織，最好於下班前將時間、空間重新組織，每天上班的第一個小時，做優先要做的事。

十一、和同事交換意見，以增加時間使用的技巧。

十二、不要逃避你必須做的工作，不要害怕面對你教學上的缺點。如果你逃避工作，或害怕面對你的缺點，是因為自己知識、技能或經驗不足，則要加強學習。

十三、一天當中用 20% 的時間或二個鐘頭做一、二件最重要、最優先要做的事。一個人一天當中，重要的事佔的比例很少（vital few, trivial many）。所以每天想想一、二件最優先、最重要的事，然後優先去完成它。一個人一天當中，能用 20% 的時間去做一、二件重要的事，已經很不錯了。

十四、不要排徊、走來走去，想想最優先要做的事是什麼，可減少白日夢的時間。

十五、增進自己的口語和書寫溝通能力。

十六、改變自己的壞習慣。

十七、盡量想出省時間的方法。

十八、樂於改變生活型態。

陸、避免過度承諾或過多的工作負荷

很多人由於過度承諾或過多的工作負荷壓得喘不過氣而影響工作效率。下面幾個具體策略，可以避免你過度承諾。

一、了解你過度承諾的地方。

二、了解你為什麼難於說不。

三、學習說不。

四、避免過度討好別人。

五、盡量找出可用的時間，不要替自己找浪費時間的藉口（making time, but not make excues）。

六、每個學生分派一些工作，可以減輕老師的工作。

柒、創造性的解決問題，以增加教與學的時間

碰到問題多應用創造力去解決它，問題能儘快圓滿的解決，則教與學的時間就會增加。

捌、增進團體的效率，其具體策略如下

一、建立和諧的師生關係、同學關係。

二、建立班規和例行活動程序。

三、培養老師和學生的領導能力。

四、更多的時間用在增進專業的成長。

五、非正式會議的時間盡量減短。

六、在正式會議上，不要說得太多，要精簡。

七、三個方法使你教學更快樂：㈠不要成群結黨；㈡要有耐心；㈢學習說不。

玖、給予自己成長的時間、空間和金錢，其方法如下

一、每個月學習一樣新的才藝、運動或培養一種新的能力。

二、每個月為自己做一件特別的事。

三、每天花一些錢增進自我的成長。

四、相信只有拖延，才會失敗（Believe there are no

failures, only delays）

五、一星期寫一封付諸行動的信。

六、給自己挑戰的機會，不要怕挑戰，有挑戰才會進步。

拾、避免或預防精力耗竭，其策略如下

一、建立支持系統。

二、健康的身體。

三、承認自己的限制。

四、尋求協助。

五、以自己的成就為榮。

六、做好自己能做的事（發揮自我的潛能）。

七、給自己一段休息時間。

八、使教室更有吸引力。

九、給自己安靜的時刻。

十、克服星期一早上的憂鬱（Monday morning "blues"），其方法是：①積極、主動的找些有意義的事做；②週末、月末為自己做一件特別的事；③星期一穿一件你特別喜歡的衣服。

十一、儘可能使每一天很興奮（exciting）。

十二、避免厭煩做例行工作　老師的工作除了教學，每天例行的工作很多且非做不可，如出缺席登記，批改作業、登記成績等。每天很厭煩的去做這些例行事務，只會使你更沮喪、更沒有效率，應高高興興做。

拾壹、減少紙上工作的時間

老師工作不少是紙上作業，如收錢、收簿子、評分、寫善行便條、回條、寫備忘錄、寫報告等。老師應盡量想出省時間的方法。以下提供幾種策略：

一、教科書、手冊、常用的東西放在最方便取用的地方。

二、物歸原位，可減少找東西的時間。

三、放在桌上的東西是立刻要用的。

四、收錢、收簿子、收各種資料應找出有效的、省時的方法。

五、評分、改作業要找出有效的方法。

六、減少紙上工作時間，其具體策略如下：

㈠需簡短回答的信或備忘錄，儘可能在你讀完信件，立刻回覆。

㈡需要重新組織的回信或備忘，可一面讀，一面寫下你要回答的重點，完成後，隨時帶在身邊，以便隨時補充。

㈢需要一個小時完成的報告，找個時間和地方完成它，不要被干擾。但要對那個問題有足夠的想法，你確是能坐下來開始寫才做。

第五章

教師的特質、修養、進修與成長

第一節　教師的特質

好老師雖然有各種不同的典型，但仔細分析，會發現好老師具有一些共同的特質。其特點如下：

一、他認為每個孩子都喜歡學習。假如他們不喜歡學習，應提供給他環境，帶領他學習。

二、樂觀。假定所有孩子可以學好，並會合作。

三、每個孩子都有潛力，違規的孩子是可以改變的。

四、喜歡和孩子在一起，肯給予孩子時間。

五、喜歡且尊重每個孩子。

六、照顧違規學生，並且告訴他們應該怎麼做。

七、對違規的學生，很少負面的評論。

八、很少公開毀謗學生、或私下毀謗老師。

九、語氣、態度是堅定的。

十、幽默的、關懷的、有耐心的。

十一、友善而堅持原則的。

十二、冷靜而放鬆的、自信的。

十三、公平、一致。

十四、適當的儀容，沒有不良的習性。

十五、講解清楚，聲音悅耳的。

十六、問題解決導向。

十七、自我價值感。

十八、感情的融入。

十九、具有洞察力。

以上這些特質是可以學習的，不是天生的，可以透過課程教導，但重要的是老師自己和孩子相處的經驗，才能了解，修正並發展自己的特質與技巧，以處理不同的人和不同的團體。

第二節　教師的修養

壹、教師的教育哲學

做為一個老師，應常常反省與思考一些問題，例如：

一、什麼東西對孩子最重要？那個最重要的東西，就是最值得孩子學習的內容。如負責任、守秩序、有道德、尊重別人，良好的生活習慣和學習習慣，活潑、開朗、樂觀，讀、寫、算的精熟，具生活的基本知能，問題解決能力、創造力、思考力、有效的抉擇、具有好奇心和求知慾。

二、我希望成為一個什麼樣的老師？被學生喜歡？被學生尊重？怎麼做才能被學生喜歡和被學生尊重？怎麼知道學生喜歡你？尊重你？

三、什麼是教育？教育的目的是什麼？教師的專業在那裡？教師的角色是什麼？

貳、教師的人生哲學

史英（民 81b）說：「我們這一代的人，在這新舊交替的時代裡，本來就不容易找到安身立命的所在，價值體系是混亂的，生命的意義是模糊的，而使我們成為我們的那種教育，又是那樣的不堪聞問。在這樣的情況下，要我們去帶領學生，恐怕我們還欠人帶領呢？所以最根本的問題，還是在老師的人生觀。老師要不斷地思考生命的意義，追求人生的究竟，讓自己的思想意識往高處飛躍。讀書，不斷地讀書，讀深一點書，接觸文學、藝術、科學、哲學、政治、經濟各家各派的經典，接觸各種偉大心靈的深處，才是教師應有的生活。沒有一個人是真正地「成熟」，我們並不是要求老師做一個完人。但我們希望老師能把「學做老師」當做一種生活，一種生活方式，一種人生態度。

因此，有決心要做好班級經營的老師，請從經營自己的生命開始。

叁、教師的自我覺知與自我管理

老師對自己的行為不但要了解，而且要能自我管理（self-management）。例如很多老師面對管理上的問題會感到很害怕，或很生氣，或形成一股很大的壓力，老師應學會如何自處，則處理管理上的問題將會更容易。以下提供若干方法供參考：

一、對常規問題感到很生氣或害怕是正常現象，但要儘量減少情緒上的緊張狀態。

二、不要太注意自己的失敗和錯誤。

三、培養幽默感。

四、對自己、對學生期望不要太多、太高，要實際一點。

五、學會肌肉鬆弛的技巧。

六、和同事、朋友、家人討論你的困擾，尋求他們的支持與幫助。

七、多練習從腹部做深呼吸，以緩和緊張的情緒。

八、練習慢慢的說話、行動，不要急。（slowing thing down, not hurry up）。

九、做事情要有耐心。常規問題多數出現於能力低的或學業欠佳的學生身上，其學習較緩慢效果也較差，這些學生更需要老師的耐心才能學好。而且常規的建立是無法立即見效的，所以實施教室管理老師要有耐心。

十、教室管理的問題應視為教師無可避免的挑戰，而不是個人能力或專業能力上的不足。

第三節　教師的進修與成長

社會變遷非常的快速，知識的進步也一日千里，當老師的不能以不變應萬應，不能以過去的知識，教導今日的兒童適應未來的社會。因此，要能提高教育的品質，帶動社會進步，有賴教師不斷的進修與成長。泰戈爾也說：「唯有學習不已的教師，才能教得認真。」所以要能做個勝任、自信、快樂的老師，得不斷的進修與成長。

老師的工作的確很繁重，很多老師苦於找不出時間進修，所以日復一日過著機械化的、單調的、毫無生機的日子，結果一天不如一天。其實只要老師妥為規畫時間，每天都可以進修，都可以成長，以下介紹幾種老師可利用的時間及進修的方式：

一、在教室用行動研究法進行研究

每位老師的教學，都有不少缺失與困難，老師可一個小問題，一個小問題，用行動研究法去研究改進，這是非常有效的成長方式。國內老師，一談到進修，馬上就聯想到學術機構的進修，而那種機會又不多，這條路行不通，很多老師就作罷。其實在自己的教室用行動研究法去研究改進教學上或教育上的種種問題，是很有效很實際的成長方式。

二、同事間互相的指導（peer tutoring）

每位老師的教學都有優點和缺點，優點別人沒有機會學習，缺點自己往往不知道。老師如果能利用科任時間，多觀摩同事的班級及教學狀況，取人之長，補己之短，並提供對方一些改進建議，彼此都會獲益。這也是非常實際且有效的成長方式。

三、成立讀書會

學校若干個同事組成一個讀書會，彼此可以互相推薦好書，並深入討論，交換讀書的心得。

四、同事間分享教學經驗，共同研討教學上的難題。

五、請專家演講。

學校可先了解老師的需要或亟需加強之處，請該方面的專家，蒞校指導。

六、參加學術團體之學術研討會。

七、到大學研讀更高的學位或修課。

八、出國旅遊。

九、每天晚上至少閱讀一個小時的書。

十、同事間研討「有效教學」之研究論文。

十一、請大學教授督導。

第六章

班級經營的評鑑

班級經營是否有效？許多的研究都以學生是否合作，或是否專注的投入教室工作做為效標（criteria）。根據研究，通常學生如果上課很專注（engagement），也都會有很好的學習結果，而且也有很好的態度和自我概念。所以學生上課是否專注，經常作為評鑑班級管理有效與否的指標（Emmer, 1987）。

至於每天的教室管理工作是否有效？應如何評鑑？Emmer（1987）提出三個效標：

一、學生是否生產性（productively）的參與教室工作。

二、很少衝突或違規行為。

三、時間的有效利用並能達成課堂目標。

除了課堂上的評鑑，筆者認為老師自評或他人評鑑班級經營是否成功，應包含下列事項：

一、開學前是否充分準備。

二、開學初的活動或工作是否有計畫、有要領且有條不紊的完成。

三、教室環境是否整潔、寬敞、安全、安靜？

四、教室是否有秩序、有規律、安詳、和諧、快樂？

五、教學活動是否多樣化？是否流暢而緊湊的進行？教學方法、教學媒介是否多樣化？教具是否充分？教學進度是否適當？時間是否有效利用？學生作業管理是否適當？教學目標是否達成？

六、教師是否能建立班規和例行活動程序？是否能維持良好的行為及處理不當的行為？

七、老師個人的時間能否有效管理？是否經營好自己的生命？

八、能否建立良好的親師關係？

九、老師是否是具備適切的人格特質？

十、老師是否時常自我進修與自我成長（包括專業的成長和個人的成長）？

以上十個項目之詳細內容，本書第四章和第五章有詳細的介紹和說明，老師可依此內容，時常自我反省，檢討與自我鞭策。

◆ 參考文獻 ◆

一、中文部分

方炳林（民68）：**教學原理**。台北市：教育文物出版社。297頁。

史　英（民80）：怎樣把一個班級帶起來（上）：談班級經營。**人本教育札記**，**30期**，4-11頁。

史　英（民81a）：怎樣把一個班級帶起來（中）：談班級經營。**人本教育札記**，**31期**，22-29頁。

史　英（民81b）：怎樣把一個班級帶起來（下）：談班級經營。**人本教育札記**，**32期**，14-20頁。

艾雷莎（民78）：教室佈置—如何營造良好的教學氣氛。**師友月刊**，**268期**，14-15頁。

朱文雄（民78）：**班級經營**。高雄市：復文書局。

谷瑞勉（民78）：幼稚園的常規管理——一個大班的觀察報告。**初等教育研究**，**第一期**，311-346頁。屏東：國立屏東師範學院。

李春芳（民82）：教育實習與師資培育。**載於台東師院主編之師範生專業素養學術研討會論文集**。1-60頁。台東：國立台東師範學院。

李咏吟（民75）：**教學原理**。台北市：遠流出版社。

李祖壽（民68）：**教學原理與方法**。台北市：大祥出版社。169頁。

李德高（民 77）：**教育心理學**。台北市：五南出版社。
李園會（民 81）：**班級經營**。台北市：五南出版社。
李錫津（民 79）：班級常規輔導。載於吳清山主編：**班級經營**。台北市：心理出版社。319-398 頁。
李輝華（民 83）：**教室管理**。高雄市：復文書局。
吳清山等（民 79）：**班級經營**。台北市：心理出版社。
吳清基（民 77）：班級教室管理。**教師天地**，**33 期**，44-49 頁。
吳武典（民 77）：教室管理的理論與實際。**高市文教**，**33 期**，17-21 頁。
林清山（民 80）：**教育心理學**。台北市：遠流出版社。
林寶山（民 79）：**教學論**。台北市：五南出版社。
金樹人等（民 77）：**教室裡的春天**。台北市：張老師出版社。
邱連煌（民 64a）：教室管理與不良行為的防止。**師友月刊**，**102 期**。
邱連煌（民 64b）：行為原理及其應用。載於邱連煌著**「心理與教育」**。台北市：文景出版社。
邱連煌（民 67）：價值澄清法。**今日教育**，**34 期**。
邱連煌（民 80a）：斷然管教法。**師友月刊**，**80 年 7 月**。
邱連煌（民 80b）：邏輯後果管教法（上、下）。**國教天地**，**89 期，90 期**。
邱連煌（民 81a）：現實治療管教法。**國教天地**，**91 期**。
邱連煌（民 81b）：屏東師院授課之筆記。
邱連煌（民 86）：**班級經營：學生管教模式、策略與方法**。台北市：文景書局。
柯華葳（民 77）：教室規矩——觀察研究報告。**載於屏東師院主**

編：質的探討在教育研究上的應用學術研討會論文集，73-79 頁。屏東：國立屏東師範學院。

胡鍊輝（民 78）：教室佈置的新理念。**師友月刊**，**267 期**，6-7 頁。

祝建平（民 78）：給學生一個溫暖的家。**師友月刊**，**267 期**，14-15 頁。

徐正平（民 77）：如何做好班級管理。**研習資訊**，**42 期**，46-48 頁。

徐光垚譯（民 77）：日本國民小學一年級班級管理—觀察研究報告。**教師天地**，**36 期**，66-69 頁。

陳文海、蔡政明（民 79）：教室管理。載於教育廳主編：**台灣省國民小學新進教師教學參考手冊**。屏東市：東益出版社。

陳迺臣（民 77）：**屏東師院主編質的探討在教育研究上的應用學術研討會會議記錄**。屏東：國立屏東師範學院。

陳奎熹（民 77）：班級領導的原則與策略。**高市文教**，**33 期**，10-11 頁。

高敬文等（民 75）：屏東師專加強教育實習研究報告。**屏東師專學報**，**第四期**，133-222 頁。屏東：屏東師範專科學校。

高廣孚（民 78）：**教學原理**。台北市：五南出版社。

孫敏芝（民 74）：**教師期望與師生交互作用—一個國小教室的觀察**。師大教育研究所碩士論文。

許慧玲譯（民 79）：**教室管理**。台北市：心理出版社。

張玉成（民 73）：**教師發問技巧**。台北市：心理出版社。

張春興（民 74）：**教育心理學**。台北市：東華書局。

張秀敏（民 80）：教室管理初探。載於**新竹師院主編：台灣省第**

二屆教育學術論文發表會論文集。新竹：國立新竹師範學院。

張秀敏（民 82a）：國小一年級優良教師班規和例行活動程序的建立一個案觀察研究。載於**嘉義師院主編：八十一學年度師範學院教育學術論文發表會論文集**。嘉義：國立嘉義師範學院。

張秀敏（民 82b）：國小一年級優良教師開學初班級經營之個案觀察研究。載於**屏東師院主編之班級經營學術研討會論文集**。屏東：國立屏東師範學院。

張秀敏（民 82c）：**國小一年實習老師教室管理之觀察研究**。屏東：葦軒出版社。

張秀敏（民 82d）：**三位有經驗的國小一年級教師教室管理之觀察研究**。屏東：葦軒出版社。

張秀敏（民 83a）：**國小班級經營手冊**。屏東師院特教中心出版。

張秀敏（民 83b）：**國小班級經營**。屏東：葦軒出版社。

張秀敏（民 84a）：國小一、三、五年級優良教師班級常規之建立與維持之比較研究。**屏東師院學報，第八期**，1-42 頁。屏東：國立屏東師範學院。

張秀敏（民 84b）：國小三年級優良教師之班級經營及改進之研究。載於**屏東師院主編：八十四學年度師範學院教育學術論文發表會論文集**。屏東：國立屏東師範學院。

張秀敏（民 84c）：**國小班級經營研究之成果之試驗與推廣**。屏東：葦軒出版社。

張秀敏（民 84d）：**國小班級經營現況之研究**。屏東：葦軒出版社。

張秀敏（民 85）：屏東縣忠孝國小班規和例行活動程序建立情形之調查研究。**屏東師院學報**，**第九期**，63-96 頁。屏東：國立屏東師範學院。

張秀敏（民 86a）：增進國小教師班級經營知識與實務改進之實驗研究。**屏東師院學報**，**第九期**，屏東：國立屏東師範學院。

張秀敏（民 86b）：**國小班級經營現況之分析**。屏東：安可出版社。

屏師實小（民 76）：**班級經營策略—淺談教室佈置**。屏師實小國民教育輔導叢書。

黃政傑、李隆盛主編（民 82）：**班級經營—理念與策略**。台北市：師大書苑

教育廳編（民 83）：**班級經營理論與實際**。教育廳印。

單文經（民 82）：台北市四所國民小學學生心目中「有效的常規管理者」的特質。**載於屏東師院主編：班級經營學術研討會論文集**，119-148 頁。屏東：國立屏東師範學院。

單文經（民 83）：**班級經營策略研究**。台北市：師大書苑。

湯志民（民 78）：淺談教室佈置。**師友月刊**，**267 期**，10-12 頁。

溫世頌（民 76）：**教育心理學**。台北市：三民書局。

楊玉璽（民 81）：**高雄市國小老師短期在職進修需求之調查**。未發表。

楊妙芬（民 73）：朝良好教室紀律邁進。**國教天地**，**56 期**，35-37 頁。

楊榮祥（民79）：自然科學教學個案研究計畫簡介。**科學發展月刊，第18卷，2期**，153-163頁。

楊碧桃（民82）：**注意力不足症**。屏東師院特教中心。屏東：國立屏東師範學院。

蔡誌山（民78）：教室佈置—動態而家庭化。**師友月刊，267期**，8-9頁。

鄭玉疊．郭慶發（民85）：**班級經營**。台北市：心理出版社。

盧美貴．劉惠如（民83）：**幼稚園和國小一年級的銜接**。台北市教育局印。

謝寶梅（民81）：初任教師應具備之基本功能。**載於八十一學年度師範學院教育學術論文發表會論文集**。嘉義：國立嘉義師範學院。

鍾啟泉（民84）：**班級經營**。台北市：五南出版社。

簡紅珠（民82）：師範學生學科與學科教學的知識基礎。載於台東師院主編：**師範生專業素養學術研討會論文集**。頁83-94。台東：國立台東師範學院。

簡紅珠（民85）：國小專家與新手教師的班級管理實作與決策之研究。**教育研究資訊，4(4)**，36-48。

二、英文部分

Blair, S.M., & Bercik, J.T. (1987). **Tecaher induction: A survey of experienced teachers.** (ERIC document reproduction service No. ED 303 455)

Bull, S.I., & Solity, J.E. (1987). **Classroom management: Principles to practice.** USA: Croom Helm.

Cangelosi, J.S. (1988). **Classroom management strategies.** New York: Longman.

Canter, L. (1984). **Assertive discipline.** CA: Lee Canter and Associates.

Chiu, L.H. (1975). The student teacher and discipline problems. **Journal of Educational Research. 69**(2), 68-72.

Clements, B.S. (1983). **Helping experienced teachers with classroom management: An experimental study.** (ERIC document reproduction service No. ED 234 022)

Collins, C. (1987). **Time managenemt for teachers.** N.Y.: Parker.

Denscombe, M. (1985). **Classroom control.** London: George Allen & Unwim.

Doyle, W. (1986). Classroom organization and management. In M.C. Wittrock (Ed.) **Handbook of Research on Teaching.** N.Y.: Macmillan.

Doyle, W., & Carter, K. (1987). How order is achieved in classrooms. In N. Hastings & J. Schwieso (Ed.) **New directions in educational psychology.** N.Y.: Falmer Press.

Eggen, P.D., & Kauchak, D. (1992). **Educational psychology.** New York: Merrill.

Emmer, E.T. (1987). Classroom management. in M.J. Dunkin (Ed.) **The International Encyclopedia of Teaching and Teacher Education.** Oxford: Pegramon Press.

Emmer, E.T., Evertson, C.M., & Anderson, L.M. (1980). Effective classroom management at the beginning of the school year, <u>The Elementary School Journal</u>, <u>80(5)</u>, 219-231.

Evans, W.H., Evans S.S., Gable, R.A., & Schmid, R.E. (1991). <u>Instructional Management.</u> Boston: Allyn & Bacon.

Evertson, C.M., Emmer, E.T., Sanford, J.P., & Clements, B.S. (1983). Improving classroom management: An experiment in elementary school classrooms. <u>The Elementary School Journal</u>, <u>84</u>, 173-188.

Evertson, C.M., Emmer, E.T., Clements, B.S., Sanford, J.P., & Worsham, M.E. (1984). <u>Classroom management for elementary teachers.</u> New Jersey: Prentice Hall.

Evertson, C.M., Emmer, E.T., Clements, B.S., Sanford, J.P., & Worsham, M.E. （1994）. <u>Classroom management for elementary teachers.</u> New Jersey: Prentice Hall.

Evertson, C.M. (1985). Training teachers in classroom management: An experimental study in secondary school classrooms. <u>Journal of Educational Research</u>, <u>79(1)</u>, 52-57.

Evertson, C.M. (1988). <u>Improving elementary classroom management: A school based training program for beginning the year.</u> (ERIC document reproduction service No. ED 502 528)

Evertson, C.M. (1989). Improving elementary classroom management: A school based training program for beginning the year. Journal of Educational Research, 83(2), 82-90.

Fontana, D. (1985). Classroom control. N.Y.: Methuen.

Froyen, L.A. (1988). Classroom management. Ohio: Merrill.

Good, J.L., & Brophy, J.E. (1987). Looking in classrooms (4th ed.) New York: Harper & Row.

Griffin, G.A. (1983). Implication of research for staff development programs. The Elementary School Journal, 83(4), 414-425.

Jones, V.F. (1986). Classroom management in the United States: Trends and critical issues. In D.P. Tattum (Ed.) Management of disruptive pupil behavior in schools. New York: John Wiley & Sons.

Jones, V.F., & Jones, L.S. (1990). Comprehensive classroom management. Boston: Allyn & Bacon.

Jones, V.F., & Jones, L.S. (1995). Comprehensive Classroom management. Bostom: Allyn & Bacon.

Lanier, J.E., & Glassberg, S. (1981). Relating research in classroom teaching to inservice education. Jounal of Research and Development in Education. 14(2), 22-23.

Leinhardt, G. (1984). Introduction and integration of classroom routines by expert teachers. (ERIC document reproduction service No. ED 249 040)

Marsh, C.J. (1992). Key conceptions for understanding curriculum. New York: Falmer.

Maurer, R.E. (1985). Elementary discipline handbook. New York: The center for applied research in education.

McGarity, J.R., & Butts, D.P. (1984). The relationship among teacher classroom management behavior, student engagement and student achievement of middle and high school science students of varying aptitude. Journal of Research in Science Teaching. 21(1), 55-61.

McGuiness, J., & Craggs, D. (1986). Disruption as a school-generated problem. In D.P. Tattum (Ed.) Management of disruptive pupil behavior in schools. New York: John Wiley & Sons.

Nigro, K.A. (1988). Classroom organization and management: What does research tell us? (ERIC document reproduction service No. ED 300 912)

Pollard, A. (1985). The social world of the primary school. London: Holt Rinegord & Winston.

Richardson, K.V. (1987). What happens to research on the way to practice?. Theory into Practice, 26(1), 38-43.

Richardson, K.V., & Gary, F. (1988). The use of practical arguments in staff development-A study of teachers' research-based instruction of reading comprehension. (ERIC document reproduction service No. ED 291 744)

Robertson J. (1989). Effective classroom control. Toronto: Hodder & Stoughton.

Rosenshine, B.V., & Furst, V. (1973). The use of direct observation to study teaching. In R. Travers (Ed.) The Handbook of Research on Teaching. Chicago: Rand Mc Nally.

Rounds, T.S., Swarthout, D.W., Mergendoller, J.R., Ward, B.A., & Tikunoff, W.J. (1981). An analysis of teachers' rule systems at a successful school. (ERIC document reproduction service No. ED 230 498)

Schell, L.M., & Burden, P. (1992). Countdown to the first day of school: A 60-day get ready checklist for: First-time teachers, teacher transfers, student teachers, teacher mentors, induction program administrators, teacher educators. (ERIC document reproduction service No. ED 350 115)

Schmidt, H.D., & Rodgers, R.A. (1988). Strategies: Effective practice for teaching all children.-Participant Guide. (ERIC document reproduction service No. ED 304 231)

Seeman, H. (1988). Preventing classroom discipline problems. Pennsylvania: Technomic.

Sprinthall, N.A., & Sprinthall, R.C. (1987). Educational psychology-A development approach, (4th ed.). New York: Rand House, P.P. 486-507.

Tauber, R.T. (1990). Classroom management from A to Z. Chicago: Holt, Rinehartd & Winston.

Tobin, K. (1990). Changing metaphors and beliefs: A master switch for teaching? Theory into Practice, 29(2), 122-127.

Tobin, K., & Fraser, B.J. (1989). Case studies of exemplary science and mathematics teaching. School Science and Mathematics. 89(4), 320-333.

Tobin, K., & Fraser, B.J. (1990). What does it mean to be an exemplary science teacher? Journal of Reseach in Science Teaching. 27(1), 3-25.

Taniuch, L. (1985). Classroom discipline and management in Japanese elementary school classroom. (ERIC document reproduction service No. ED 271 392)

Tattum, D.P. (1986). Consistency management-School and classrom concerns and issues. In D.P. Tattum (Ed.) Management of disruptive pupil behavior in schools. New York: John wiley & sons.

Waxman, H.C., & others (1986). Using research knowledge to improve teacher education: Teachers' perceptions of the value of educational research. (ERIC document reproduction service No. ED 267 031)

Wengel, M. (1992). Seating Arrangement: Changing with the times. (ERIC document reproduction service No. ED 348 153)

Williamson, B. (1993). A first-year teacher's guidebook for success. CA: Dynamic Teaching Company.

Wodlinger, M.G. (1986). The perceived problems of first year teachers and levels of facet satisfaction. (ERIC document reproduction service No. ED 276 129)

附錄一

如何做好第一年的老師

如何做好第一年的老師，筆者認為很重要。以下資料主要來自於 Willamson（1993）之著作，謹附錄出來供大家參考。

一、開學前的準備

1. 儘早拜訪學校。
2. 約時間拜訪校長。
3. 了解學區居民的生活狀況。
4. 拜訪學校時，衣著要得體。
5. 準備要問校長的問題並加以複誦。
6. 要顯得熱忱（enthusiastic）、敏銳（sensitive）、友善（friendly）和真誠的（sincere）。
7. 得到一位資深老師的名字和電話。
8. 到自己的教室看看。
9. 確定所需的設備是否齊全。
10. 找學校主任或有關人員，詢問有關問題。
11. 訂閱地方新聞報紙。
12. 開始計畫每個月的特殊重點—如社會、數學。
13. 記得開學第一星期要監看（monitor）幾個學生。
14. 找個資深老師做你私人顧問（personal mentor）。
15. 聽積極面的錄音帶和寫出對自己肯定的話。

16. 個人獎勵—給自己購物、買新衣、新鞋、書、整理頭髮、和朋友打球。
17. 要積極。
18. 其他請參考第四章開學前準備部分。

拜訪校長擬問的問題：

1. 教室在那兒？
2. 今天可以去看嗎？
3. 我的學生有多少位？
4. 學生用的紙、尺、鉛筆……，我可以花費多少？
5. 幾次戶外教學？
6. 如何安排戶外教學？
7. 我可以有一位同年級資深老師（熱心的）的名字和電話嗎？
8. 家長是否支持學校的活動，有多少人願意當義工？
9. 何時召開第一次教職員會議？
10. 開學前，有無在職教育？
11. 是否有校規和例行活動程序手冊，或學校行政手冊。
12. 我可以有同年級老師的名冊嗎？
13. 有教學指引嗎？
14. 開學前，我可以檢查教科書及教學資料嗎？
15. 全校有多少學生？
16. 我的信箱在那兒？
17. 我可以拿教室鑰匙嗎？假如掉了，我去那裡拿另一把？
18. 每天我必須簽到嗎？
19. 我可以有開學第一天、第一星期的行事曆嗎？

20.我可以有中餐的菜單嗎（一個月的）？
21.何時可以拿學生名冊。
22.午餐、牛奶多少錢？可以減免嗎？
23.護士何時在？
24.班級綜合資料卡在那裡？
25.我可以有教職員名冊嗎？
26.我可以影印嗎？
27.我如何預定錄影帶、錄音帶……等？
28.有無資源教師或其他教育方案的教師。

二、教室布置

這部分請參考第四章、教室布置部分。

三、開學第一天

1. 開學初說話盡量短而簡單（K.I.S.S.-Keep it short and simple）。
2. 充分準備。
3. 知道什麼時候做什麼，不要讓行為問題產生。
4. 至少給學生帶一份資料回去和父母分享。
5. 教導班規。
6. 記得開學初幾天學生的注意力短暫。
7. 使每個學生感到被歡迎。
8. 使學生知道學校的設施。
9. 告訴學生明天上學、放學時間。
10.給父母一份資料。

11.要積極。

12.其他請參考第四章開學初的工作部分。

四、開學第一星期

1. 準備額外桌椅給新來的學生。
2. 找第一星期志願幫忙的父母。
3. 學生未到之前，將當天活動程序列出。
4. 教學內容或活動是學生易成功的。
5. 每天有時間教導及複習班規和例行活動程序。
6. 離開學校前，準備好明天的教材。
7. 閱覽學生的資料。
8. 有些戶外活動。
9. 學生違規，要他站著，並告訴他應如何做。
10. 教導重要的學習習慣和行為。
11. 休息或午餐前，5-7 分鐘，就要準備結束。
12. 午餐前，再次提醒學生午餐的行為。
13. 和學生討論何時可以說話，何時不能說話。
14. 準備幾首活潑的歌，必要時大家唱一唱。

五、開學第一個月（常規方面）

1. 顯得很自信。
2. 九月執行你的班規、例行活動程序和獎懲辦法。
3. 友善而堅持原則的。
4. 班規要貼出來。
5. 每天有時間教班規和例行活動程序。

6. 學生違規要很快處理。
7. 學生違規，使用身體語言讓他知道。
8. 教室來回走動，以打消學生不好行為的開始。
9. 休息或午餐時間，不要討論紀律問題。
10. 言行舉止做好學生的楷模。
11. 決定如何處理很快完成作業的學生。
12. 很清楚的告訴學生作業如何交？放那裡？
13. 儘早評分、登錄及發還學生作業。
14. 立刻訂正錯誤，非常重要。
15. 找出每天訂正作業的方法。
16. 老師要密切注意那些學生未完成作業。
17. 學生未交作業，不接受任何藉口或理由。
18. 告訴父母有關學校的政策和家庭作業。
19. 和學生討論未完成作業的處理方法。
20. 學生寫作業之前，讓學生有疑問的先問問題。
21. 告訴學生需要老師協助時，如何做。
22. 樂於和新的班級在一起（enjoy your new class）。

六、開學第一個月（引起學習動機）

1. 安排好教室，以引起學習樂趣。
2. 使自己精明一點（getting smarter）。
3. 顯示出你對學生真誠的關心與喜愛。
4. 真誠的獎勵學生。
5. 利用口語或非口語方式傳遞：老師相信學生「能」之訊息。
6. 顯得熱忱。

7. 教學多變化。

8. 利用學生的內、外在動機引起學習欲望。

9. 某些學生需要壓力才能學習。

10. 測驗後，需要回饋。

11. 大部分學生沒學會，老師要重教。

七、學生行爲的管教

1. 不論你教了多久，都一定會有常規的問題。

2. 管教是教學中最重要的事情之一。

3. 管教是教導學生自我管理，使學習有秩序，有效率。

4. 學生並非天生就能自我約束，但都是可以學習的。

5. 管教能使學校成為一個安全、放鬆並有益於學習的地方。

6. 第一天就要介紹你的管教辦法。

7. 沒有一個完美的教室管理辦法。

8. 找一個顧問給你回饋與支持。

9. 開學前，心中就要有班規。

10. 用肢體語言和強而有力的聲音，表達你的不悅。

11. 你能改變學生的不良行為。

12. 管教要一致。

13. 告訴學生，完成作業時要做什麼。

14. 契約能改變學生行為。

15. 每天獎勵你的學生。

16. 不要期待自己是個完人。

17. 二十個教室管理的秘訣

①老師在上課鈴響前就要進教室並很快開始上課。

②利用學生在新環境、新學年會表現好行為的現象，第一天就訂定班規。

③盡可能的認識及叫出學生名字。

④充分準備。

⑤一致，不能只管教一次，下次即放鬆，不要對某些人有特權。

⑥作業量要適當，要考慮學生的個別差異，而使作業類別和量適合學生能力。

⑦自由時間，常使懶惰的學生惡作劇，請注意。

⑧三個 F：友善、公平、堅定。

⑨每週或每二週週末，複習一下班規。

⑩講話不要有威脅性或過度承諾，要留有轉圜空間。

⑪知道你下一步要做什麼，讓學生知道你是有組織的。

⑫被學生挑戰時，不要個人去面對，應全班討論、定出辦法並共同遵守。

⑬評鑑教室行為標準執行效果。

⑭閱讀有關管教的書。

⑮說話聲調要低，必要時要停下來，等待學生，不要企圖放大聲量壓制吵雜聲，它會更糟。

⑯向違規學生問問題，眼睛注視他；假如需要，再問另一個問題。

⑰學期開始要嚴厲一點。

⑱獎要公開，懲要私下。

⑲和父母討論，把父母視為工作伙伴。

⑳每個學生有成功的經驗。

結論

不論你的管教制度如何，你的教室將不再是一連串的負面的批評責備，你的教室將充滿著獎勵，及獎勵學生做對的事，時常找出學生好的表現，並讓學生知道你很欣賞他們的合作，下面有幾個正面的口頭獎勵（當你在教室來回走動時）。

1. 你的字寫得很好。
2. 今天我以我們班為榮，本班是全校最好的一班，放學前，老師將請全班吃波卡，以資獎勵。
3. 我剛看完考卷，你們做得真好。

八、親師座談

如何開好親師座談，這部分請參考第四章第十節「親師關係的增進」。

九、紙上工作

(一)每天的工作（daily paperwork）

1. 點名。
2. 寫出缺席理由。
3. 教學及工作日誌。
4. 晨檢。
5. 其他（各校要求不同）。

(二)每週的工作（weekly paperwork）

1. 教學計畫。
2. 獎勵學生的便箋給父母。
3. 每週的家庭報告給某幾個學生。

4. 其他。

㈢每月的工作（monthly paperwork）

1. 整潔工作分配表。
2. 整理出缺席及晨檢紀錄。
3. 其他。

㈣一學期的工作

1. 給父母便箋，有關學生的缺失。
2. 填寫綜合紀錄表。
3. 訂影片、錄影帶。
4. 其他。

㈤一年的工作

1. 學校行事曆。
2. 給學校一份學生緊急聯絡卡。
3. 給父母一份有關家庭作業質量要求的次數，父母義工調查表。
4. 給父母一份學校各科規定及作法之資料。
5. 給代課老師資料。

   ①座次表；②每天的行事曆；③教學計畫；④隔壁班老師的名字（協助）；⑤獎懲辦法。
6. 其他。

以上資料僅供參考，每所學校應有不同，老師應予了解。如果學校沒有資料可供參考，自己應將每天、每週、每月……的工作加以紀錄，往後就有資料可參考，以免年年有所遺漏或疏誤。

十、其他

1. 熟悉學校教職員工之名字，並主動打招呼。
2. 學習適應：
   ①第一年儘量安靜，多看、多聽、多做、少說。
   ②不要和別人比。
   ③和其他老師建立關係。
   ④接受自己的優點和缺點。
   ⑤允許你自己犯錯，尤其新手老師。
3. 教室建議：
   ①記住不是每一個學生都喜歡你，每一個學生都沒有問題。
   ②不要期待學生每一件錯誤的行為，你都能改正，否則你會崩潰。
4. 不要全部的事都自己親自做，可請學生幫忙。
5. 注意健康：
   ①營養均衡。
   ②每天運動。
   ③常洗手。
   ④多喝水、多休息。
6. 注意安全：
   ①天黑後，不要單獨在教室。
   ②如果學生放學後，仍留在教室工作，最好鎖上門。
   ③最好不要晚上開母姊會，假如需要，最好有個大人陪著。

④天黑後，不要單獨去停車場開車。

⑤教室有電話，以便立刻和辦公室聯絡。

⑥和隔壁班老師要保持友好。

7. 減輕工作壓力：

①知道你是獨一無二，很重要的人。

②了解生命的意義，接受你自己。

③多變化。

④多笑。

⑤參加舒解壓力之研討會。

⑥買解除壓力之錄音帶。

⑦充分運動。

⑧有挫折、壓力時，多深呼吸。

⑨說話聲音要低，要慢，你會較冷靜，學生也會冷靜。

⑩和同事彼此多分享，多參加同事之各種慶祝活動，你將不會覺得孤獨。

⑪學習放鬆自己。

⑫培養一種嗜好並樂於從事。

8. 增進專業生涯：

①參加老師專業組織。

②參加研習會（你需要加強的領域）。

③和其他老師有聯繫。

④到大學修課。

⑤閱讀書報和雜誌。

⑥其他。

附錄二

如何指導一年級的孩子學習與生活

壹、教育理念

一、教養孩子是父母的天職，也是一種社會責任

孩子生了，父母就有責任教好他，養好他。孩子教養不好，不但影響家庭，也連累社會、國家。所以父母在生孩子之前，就宜三思，有沒有意願，有沒有教養孩子的能力。

二、珍惜享受和孩子在一起的時光

父母和孩子住在一起的時光非常短暫，有的 12 年（國中在外地讀書），有的 18 年（大學在外地就讀），最長的可能是 25 年（研究所畢業）。而出生到 25 歲，是孩子最需要父母的時候，父母應耐心的教導他、幫助他。尤其國中之前，更需要父母花時間陪他學習、陪他成長、陪他渡過種種的難關。回首來時路，你將會發現和孩子在一起，是人生最美好的時光。所以為人父母，應把握珍惜和享受和孩子在一起的日子，和和諧諧、快快樂樂的，不要打，不要罵。

三、一年級養成的學習和生活習慣，會影響往後六年的國小教育，甚至整個教育生涯

習慣一旦形成，就很難改變。所以一年級入學後，父母就要非常注意孩子的學習習慣和生活習慣。至於應注意那些行為、習慣，容後再說明。

四、良好的教育需要家庭和學校密切配合

老師和家長多聯繫，彼此多了解、多溝通、多配合，共同克服和解決學生面臨的困境，教育的效果才能彰顯。

五、給予孩子充分的關愛、尊重、支持與鼓勵

在溫馨、接納、支持、了解、開放的環境中成長的孩子，其先天的理性能力自然會開花結果，長成一個成熟自律、獨立自主、負責自制、適應進取的個人。反之，如果缺乏上述環境條件，他的先天理性能力，將會受到遏制，而不能發揮出來。所以父母應營造一個溫馨、接納、支持、了解的環境，給予孩子充分的關愛、支持、尊重與鼓勵。

六、教育孩子應著重興趣的培養，潛能的開發，實力、能力的提升，智慧的長進，思考力、創造力、問題解決能力、有效抉擇能力和人際關係能力的培養，不要只重學科學習或分數

貳、先決條件

教養孩子，除了具備正確的教育理念，教養態度及方法外，應具有下列幾個先決條件：

一、美滿的夫妻關係

家庭是家裡每一個人最重要的精神支柱，所以營造成功而美滿的家庭很重要，而美滿家庭的營造，首先在於建立良好的夫妻關係。夫妻互相尊重、互相關愛、互相包容、互相支持、互相勉勵，要冷靜、坦誠、理性的溝通，建設性的解決問題，不要情緒性的溝通，或故意激怒對方。

二、溫馨、和諧的家庭氣氛

如前所述，在溫馨、接納、支持、了解、開放的環境中長大的孩子，他的先天理性能力，自然能開花結果。所以營造溫馨，和諧的家庭氣氛很重要。家人互相尊重、互相關愛、互相支持、冷靜、理性的溝通，避免爭吵、打罵，則可營造一個溫馨、和諧的家庭。

三、良好的親子關係

美滿家庭，溫馨和諧家庭氣氛的營造，除了要有良好的夫妻關係，就是要培養良好的親子關係。以下提出增進親子關係的作法：

㈠多親近孩子，多了解孩子的個性、能力、想法、優點和缺點，然後因材施教。

㈡接納及分享孩子的喜怒哀樂。

㈢幫助孩子克服困難，解決其學習上和生活上的難題，扮演亦父亦友的角色。避免潑冷水、灑毒藥式的批評、責難與譏諷。

㈣多關愛、多尊重、多鼓勵孩子，少嘮叨，避免大聲責罵或鞭打，以建立孩子的自信心和積極的自我概念。

㈤利用下列方式增進親子情誼：陪孩子寫作業、做功課、一起看電視、共同做家事、陪孩子畫畫、彈琴、聊天、說故事、郊遊、旅遊、放風箏、觀賞體育活動、參加各種運動、逛書店、動物園、科學館、美術館、欣賞音樂、舞蹈、歌劇、花市、畫展，培養共同的興趣和愛好。

㈥利用時間、利用機會多做親子溝通。

四、基本的學習環境

㈠讀書場所要安靜，光線要充足，空氣要流通。

㈡桌椅高矮要適當並有書櫃。

㈢購買實用、經濟的文具。

㈣備有合適的參考書、工具書、課外讀物、報紙和雜誌。

叄、教導目標

父母教育孩子應以培養德、智、體、群、美五育均衡發展為目標，唯有五育均衡發展才是個健全的人。培育五育均衡發展的孩子並不難，只要父母有此觀念，並做妥善的學習安排，一定不難達到。以下再將德、智、體、群、美五育目標分別細分為若干個小目標，供父母教導孩子之參考。

一、體育目標

㈠健康的身體。
㈡健康的心理。
㈢運動習慣和運動技能的養成。
㈣運動風度和精神的培育。
㈤基本的安全知能。

二、德育目標

㈠高雅的氣質、高尚的人格。
㈡穩定的情緒，開朗、活潑、熱忱的個性。
㈢建立樂觀、積極、進取的人生觀。
㈣建立正確的價值觀和是非觀。
㈤懂得感恩，做人做事求真、善、美。

三、群育目標

㈠良好的師生關係。

㈡良好的同學關係。

㈢良好的親友關係。

㈣良好的應對能力和社交關係。

㈤服務、助人的熱忱。

㈥關懷社會、國家、世界、人類，培養具有國際視野的孩子。

四、美育目標

㈠美化自己、美化別人、美化環境、美化人生。

㈡外表美，內心要更美。

㈢做個「真實自然」的人。

㈣欣賞「美」的事物，培養美感。

五、智育目標

㈠培養有智慧、有能力、有思考力、有判斷力、創造力和問題解決能力的孩子。

㈡培養客觀、理性的態度和思考模式，建立正確有效的做學問和做事的方法。

肆、教導原則

一、以身作則

父母的身教是孩子最重要且最好的學習模樣，因此，父母要培養什麼樣的孩子，就要表現什麼樣的行為。例如如果你要培養有氣質的孩子，你自己就要顯得有氣質。你要孩子有耐心、冷靜、穩重，你自己就要表現得有耐心、冷靜、穩重。你不要兇巴巴，充滿暴戾之氣的孩子，你就不能表現得兇巴巴。

二、投入時間和財力，眼光放遠

孩子的學習與成長是緩慢的、漸進的、漫長的，父母應耐心的教導，應慢慢的等他成長，不要心急，更不要要求速成。在孩子成長的過程中，捨得投入時間和財力，培養出有能力及適應力強的孩子，將來長大成人後，父母就不必為其操心，所以眼光要放遠，不要太算計眼前時間、財力的付出。

三、因材施教

每個孩子的資質、個性和體能狀態不同，父母教導孩子，應考慮孩子的個性、能力和體能狀態，並盡可能將其潛能發揮出來即可，不要拿孩子和別人比，和其他兄弟姊妹比。

四、講究方法

教育孩子需要注意方法，方法得當，則事半功倍。以下之「學習指導」，即提供父母指導一年級孩子學習之參考。

伍、學習指導

一、了解幼稚園和國小之不同

幼稚園和國小一年級之間的坡度若出現太多或太陡，孩子容易產生學習上的挫折或適應不良現象。國內幼稚園和國小一年級間有著不算小的坡度，如下表所示（盧美貴、劉惠如，民83），父母應有所了解，並採取因應措施。例如，幼稚園上學時，不必帶課本、簿子、文具或其他學習材料，國小卻要自行準備和攜帶，所以父母應於孩子睡前，叮嚀孩子準備好應攜帶之學習材料。幼稚園上課時間有彈性，老師大多會允許孩子上課中上廁所，但國小上課、下課時間固定，老師也逐漸訓練學生下課上廁所，上課不能去。父母應讓孩子了解這些規定上的不同，並叮嚀孩子，下課要上廁所、喝水。還有幼稚園上、下午都有點心，國小則沒有，但孩子早餐吃不多，到了十點鐘會餓，而且也已習慣吃點心，父母可以幫忙準備幾個小餅乾，或在學校訂牛奶。此外，國小書寫的功課不少，幼稚園則很少，父母應養成孩子回家後固定地點、固定時間做功課。

表一　幼稚園和國小學習型態之比較

類別 項目	幼　稚　園	小　　學
課程內容	透過健康、遊戲、工作、音樂、語文、常識六個領域學習。	低年級九個科目：國語、數學、自然、社會、音樂、體育、美術、分組活動、健康與道德。
教學方式	沒有固定教本，老師自行編定教材，進度自訂，採合科教學或活動課程，多屬動態學習。	有教科書，按課本及規定進度教學，採分科教學，老師講課，學生聽講，屬靜態學習。

班級氣氛	較自由、活潑、時間壓力較小。	統一學習、自律安靜、作息分明。
上課時間	採合科學習及活動課程方式，視活動內容彈性調整上課時間。	每節40分鐘，下課10分鐘，上午第二節下課，休息20分鐘。
作　　業	沒有硬性規定的作業。	書寫為主的功課佔相當大的比例。
情境布置	配合單元更換情境，學習區有幼兒可以自由操作的教具及學習教材，幼兒作品豐富。	偏重以生活公約、榮譽欄、學生園地、標語為主，通常是一學期的布置。
教師年齡	一般較為年輕。	各校不同，有的偏老化。
學習評量	以生活教育為主，注重情意、動作技能及認知評量。	以認知為主，偏重紙筆測驗。
其　　他	有點心、玩具，沒有紙筆考試。	沒有點心及玩具，有大小考試。

二、入學前的準備

㈠用討論引發孩子的入學動機

有空時，多和孩子談談到了小學，要做什麼？上那些課？作息時間如何？要穿什麼衣服？怎麼交新朋友？老師的要求有那些？

㈡學習環境妥當的布置

1. 準備合適的書桌、椅。桌椅的高矮要適合孩子的身高，以免影響寫字姿勢和身體的發育。

2. 書桌椅要遠離客廳和電視，找個安靜的地方。

3. 讀書的房間，儘量簡單，以免分心。

4. 書桌要整理乾淨，書架的書要排好。

5. 固定的地方複習功課或寫作業。

6. 注意讀書的光線和空氣。

7. 購買適合的課外讀物、報紙、雜誌和百科全書、字典和辭典。

8. 多帶孩子去兒童書店和兒童圖書館。

㈢親子一起購買學用品

列出一張清單，一起前往購買。選購時應注意下列事項：

1. 橡皮擦，要買容易擦乾淨的牌子，不要太花俏或香水味的。

2. 鉛筆，買 HB 的筆，顏色不要太淺或太黑。形狀最好是六角形的。最好找用了一半的筆，不要買附有橡皮擦的筆，不要用自動鉛筆，鉛筆不要削太尖或兩頭削。

3. 鉛筆盒，夠放就好，不必買多功能、太花俏的鉛筆盒。

4. 彩色筆不要買太多顏色，二十種顏色的彩色筆就夠了。

5. 其他學用品的選購，以實用、簡單、經濟為原則。

㈣到學校散步參觀

開學前，有空就帶孩子到學校散步，了解學校的重要建築、設備、場所，熟悉學校的環境，尤其適應力差的孩子，更應及早認識學校環境、學校老師及教材。

㈤調整孩子的作息和生活習慣

七月、八月就要逐漸調整孩子的作息和生活習慣，以便很快適應國小的生活和作息。

三、入學後

㈠留下家中及工作地點電話、住址。

㈡多用家庭聯絡簿或便條紙與老師聯絡。

㈢開學幾週撥空到學校一、二次。

四、學習指導要領

㈠時間妥當的安排與有效的利用

1. 安排每日的作息時間表，養成規律的作息習慣。最好早上六點起床，晚上九點睡覺。
2. 找出小孩一天當中最佳的學習時段，每天陪小孩複習注音符號或複習功課半個小時。注音符號要會認、會念、會寫、會拼。第一次教導的注音符號，不要要求100%的熟練度，大概60%即可。以後逐天的複習當中，自然會增加其熟練度，最終目標—注音符號要200%的熟練。十週後學習國字，要注意筆順、筆劃、字的間架、拿筆的方法和寫字姿勢，並陪孩子閱讀有注音符號的讀物，能提早寫作更好。
3. 每天固定時間寫功課和看課外讀物、雜誌、報紙。
4. 每天有一段時間陪孩子聊天，問問孩子的功課，聽聽孩子的心事，最好是吃飯或是洗碗的時段比較自然。遇到困難，要和孩子一起想出解決問題的方法。

5. 睡前檢查明天應攜帶之學習用品。最好在門口放個箱子或盒子，把準備好的東西放進箱子，才不會遺忘。
6. 每天看電視時間不要超過一個小時。
7. 假日或空閒時，多陪孩子運動、休閒或接觸大自然。
8. 每天要檢查孩子的作業有沒有做完、做正確，但不要代替孩子做作業。
9. 注意孩子的學校適應狀況。

㈡養成良好的學習習慣

1. 課本、簿子、學用品保持乾淨。
2. 固定時間、固定地點作功課或複習功課。
3. 養成每天閱讀課外讀物、報紙和雜誌的習慣。
4. 睡前準備好明天應攜帶之學用品。
5. 注意拿筆的方法。
6. 注意寫字、看書的姿勢。
7. 養成去圖書館和書店的習慣。
8. 不要一邊吃東西、或一邊玩，或一邊看電視、一邊做功課。
9. 有不懂的地方要找資料或請教別人。
10. 書桌、書包、鉛筆盒要整理乾淨。

㈢養成良好的生活習慣

1. 養成規律的作息。
2. 衣物要整齊清潔。
3. 自己的房間要收拾乾淨。
4. 物歸原位。
5. 注意應對進退的禮節。

6.幫忙做家事。

陸、父母應做到事項

一、每天早上比小孩早起半個小時到一個小時，自己先做好上班及早餐的準備，以免時間倉促心急而發脾氣責備家人。

二、準備早餐，並和孩子共用早餐。

三、每天有一段時間陪孩子聊天。

四、每天陪孩子複習注音符號半個小時。

五、開學初把課本看一看，了解孩子學習什麼內容，以便和孩子共同搜集相關資料和討論學習內容。

六、每天晚上要檢查孩子的作業。

七、睡前要提醒孩子，準備好明天應攜帶之學用品及明天要穿之衣服、襪子。

八、假日應帶孩子去運動、休閒和接近大自然。

九、父母凡事要以身作則，要有耐心，要投入時間和財力，切忌打罵和權威式的教育。

十、幫助孩子解決其學習和生活上的困難。

十一、早上及飯前、飯後切忌責備孩子，以免影響家人一天的情緒、吃飯的心情及食物的消化。

十二、包容孩子犯的過錯，並指導其應行的道路。

柒、結語

一年級的孩子，除了讀寫算基本能力要熟練，並希望教養出有氣質、有禮貌、有智慧、有能力、能解決問題、開朗、活潑、快樂和獨立自主的孩子。

捌、建議閱讀資料

一、因材施教．只要我長大．小時了了（健康世界）。

二、家庭溝通（獅谷）．我好，你好（遠流）。

三、窗口邊的荳荳（鹽巴）。

四、愛．生活與學習（洪健全教育文化基金會）。

附錄三

國小兒童之學習與生活指導

一、基本概念

㈠生活即教育、生活即學習。生活中的學習促進孩子心智的成長。

㈡教養孩子是父母的天職，是親情，也是無可推諉的社會責任。

㈢良好的教育需要家庭、學校和社會三方面密切配合。

㈣教養的方式是輔導不是主導。輔導孩子親身探索、體驗和管理他的生活天地。

二、先決條件

㈠美滿的夫妻關係（互相關愛、互相包容、互相扶持、互相欣賞、互相勉勵）。

㈡溫馨、和諧的家庭氣氛（長幼有序，互相關照，一起不斷的成長，有幽默感，主動關懷親朋好友，懂得感恩）。

㈢良好的親子關係

1. 多親近孩子、多了解孩子的個性、能力、想法、優點和缺點。
2. 能接納孩子的喜怒哀樂。
3. 分享孩子的喜怒哀樂。
4. 幫助孩子克服困難，解決其學習上和生活上的難題，扮演亦父（亦母）亦友的角色。

5. 多鼓勵、多開導、少嘮叨，避免大聲責罵或鞭打。

㈣基本的學習環境

1. 安靜的讀書場所。
2. 高矮適當的桌椅。
3. 購買實用經濟的文具。
4. 備有合適的參考書、工具書和課外讀物。

三、教導目標

培養德、智、體、群、美五育均衡發展的孩子。

㈠體育目標

1. 健康的身體。
2. 健康的心理。
3. 運動習慣和技能的養成。
4. 運動風度和精神的培育。
5. 基本的安全知能。

㈡德育目標

1. 高雅的氣質、高尚的人格。
2. 穩定的情緒，開朗、活潑、熱忱的個性。
3. 建立樂觀、積極、進取的人生觀。
4. 建立正確的價值觀和是非觀。
5. 懂得感恩，做人做事求真、善、美。

㈢群育目標

1. 良好的師生關係。
2. 良好的同學關係。

3. 良好的親友關係。
4. 良好的應對能力和社交關係。
5. 服務助人的熱忱。
6. 關懷社會、國家、世界、人類，培養具有國際視野的孩子。

㈣美育目標

1. 美化自己、美化別人、美化環境、美化人生。
2. 外表美，內心要更美。
3. 做個「真實自然」的人。
4. 欣賞「美」的事物，培養美感。

㈤智育目標

1. 培養有智慧、有能力、有思考力、有判斷力、創造力和問題解決能力的孩子。
2. 培養客觀、理性的態度和思考模式，建立正確有效的做學問和做事的方法。
3. 有了智慧，更要有親和力。

四、教導原則

㈠以身作則。
㈡投入時間和財力。
㈢因材施教，循序漸進。
㈣講究方法。
㈤眼光放遠。

五、學習指導要領

㈠規律的作息（規劃作息時間表，如吃飯、做功課、看電視、睡覺、遊戲或運動、做家事等，注意放學後的安排，最好有人照顧）。

㈡看電視、玩電腦要節制，要慎選節目。

㈢多看課外讀物（適合其年齡、能力和有益的讀物）。

㈣安排良好的學習環境（包括人和物質環境）。

㈤選購合適的文具和參考書。

㈥國語—多讀、多寫、多發表。

㈦數學—多做題目、多思考，了解為什麼。

㈧自然—著重實驗、觀察、綜合、整理，了解為什麼。

㈨社會—多閱讀、多討論、多參觀、多旅遊。

㈩多學一些才藝，來美化人生和充實生活內容。

(十一)協助解決課業和適應上的困難。

(十二)多和學校、老師、同學的家長聯繫，交換意見和經驗。

(十三)請教老師，或專家來輔導特殊兒童。

(十四)多製造成功的機會，使其更有信心、上進心、自治心和榮譽感。

(十五)培養務實的態度，不以小聰明取勝。

六、常見的偏差觀念和教育方式

㈠教育是學校和老師的專業和責任。父母沒有能力，沒有時間或不必要參與。

㈡偏頗的教導目標，重智育、重分數、重名次、重結果忽略過程。

㈢功利價值取向。

㈣過與不及的要求和關心。

㈤錯誤的方法和態度（如權威式教育、打罵教育、缺乏耐性，追求速效）。

七、結語

培育出有智慧、能力強、氣質高、涵養好、主動、獨立、熱忱的孩子是父母、學校和社會共同的努力目標。

讀者意見回函卡

No. ________　　　　　　　　　　　　　　　　　　　填寫日期：　年　月　日

感謝您購買本公司出版品。為提升我們的服務品質，請惠塡以下資料寄回本社【或傳眞(02)2325-4014】提供我們出書、修訂及辦活動之參考。您將不定期收到本公司最新出版及活動訊息。謝謝您！

姓名:________________　性別：1□男 2□女

職業:1□教師 2□學生 3□上班族 4□家庭主婦 5□自由業 6□其他______

學歷:1□博士 2□碩士 3□大學 4□專科 5□高中 6□國中 7□國中以下

服務單位:______________ 部門:__________職稱:__________

服務地址:____________________電話:________傳眞: ________

住家地址:____________________電話:________傳眞:________

電子郵件地址：______________________________

書名：______________________________

一、您認為本書的優點：（可複選）

❶□內容 ❷□文筆 ❸□校對❹□編排❺□封面 ❻□其他________

二、您認為本書需再加強的地方：（可複選）

❶□內容 ❷□文筆 ❸□校對❹□編排 ❺□封面 ❻□其他________

三、您購買本書的消息來源：（請單選）

❶□本公司 ❷□逛書局⇨______書局 ❸□老師或親友介紹

❹□書展⇨____書展 ❺□心理心雜誌 ❻□書評 ❼□其他________

四、您希望我們舉辦何種活動：（可複選）

❶□作者演講❷□研習會❸□研討會❹□書展❺□其他________

五、您購買本書的原因：（可複選）

❶□對主題感興趣 ❷□上課教材⇨課程名稱______________

❸□舉辦活動 ❹□其他______________

（請翻頁繼續）

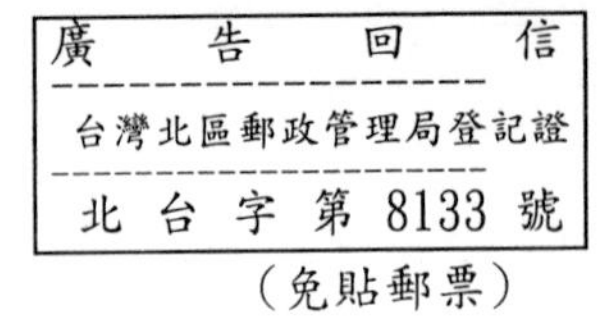

（免貼郵票）

心理出版社股份有限公司
台北市 106 和平東路二段 163 號 4 樓

TEL:(02)2706-9505
FAX:(02)2325-4014
EMAIL:psychoco@ms15.hinet.net

沿線對折訂好後寄回

六、您希望我們多出版何種類型的書籍
❶□心理❷□輔導❸□教育❹□社工❺□測驗❻□其他

七、如果您是老師，是否有撰寫教科書的計劃：□有□無
書名/課程：________

八、您教授/修習的課程：
上學期：________
下學期：________
進修班：________
暑 假：________
寒 假：________
學分班：________

九、您的其他意見

____

謝謝您的指教！ 41008

一般教育 8

國小班級經營

作　　者：張秀敏
責任編輯：郭　涓
發 行 人：邱維城
出 版 者：心理出版社股份有限公司
社　　址：台北市和平東路二段 163 號 4 樓
總　　機：(02) 27069505
傳　　真：(02) 23254014
郵　　撥：19293172
E-mail：psychoco@ms15.hinet.net
網　　址：www.psy.com.tw
駐美代表：Lisa Wu
Tel：973 546-5845　Fax：973 546-7651
登 記 證：局版北市業字第 1372 號
印 刷 者：玖進印刷有限公司
初版一刷：1998 年 4 月
初版五刷：2003 年 10 月

定價：新台幣 250 元

ISBN 957-702-264-2